Vacances d'enfer !

Vacances d'enfer !

Nouvelles

PGCOM Éditions

Sommaire

Vacances d'enfer !

Journal du front

Nathalie Chevalier

La fleur au fusil

« *En 1914, à l'aube de la Première Guerre mondiale, un même élan patriotique parcourut tout le pays dès l'annonce de la mobilisation générale. Les hommes rejoignirent la gare la plus proche pour aller dans leurs casernes où les attendaient uniforme, paquetage et fusil. Dans les campagnes, alors que sonnait l'heure des moissons, on pensait qu'on serait rentré pour les vendanges ou pour l'ouverture de la chasse. La guerre s'annonçait rapide, et la victoire éclatante...* »

A travers le téléphone, j'entends la voix victorieuse de maman :

- Le père Muller accepte enfin de te céder sa collection d'objets de la guerre 14-18. Ton oncle et moi sommes revenus plusieurs fois à la charge, et il a fini par se rendre à nos arguments. Je crois que *Le petit musée de la Grande Guerre* va pouvoir récupérer un nombre impressionnant de souvenirs de poilus.

Le petit musée de la Grande Guerre est à la fois le nom du musée privé qu'un de mes amis collectionneurs a créé il y a quelques années, et également celui de l'association de bénévoles dont je fais partie et qui travaille à la mise en valeur de ce lieu chargé d'histoire. Si habituellement je dirige l'atelier consacré à la reproduction de scènes de guerre à l'échelle 1/12, j'aime également aller fouiner dans les vide-greniers, à la recherche de ces témoignages du passé que les gens vous laissent parfois pour quelques euros, sans même s'interroger sur leur valeur historique. Avec la collection du père Muller, le musée qui compte surtout des uniformes des deux armées va considérablement s'enrichir.

Au téléphone, la voix de maman se fait soudain plus hésitante :

- Le père Muller accepte de te la donner, mais à la condition expresse que tu viennes la chercher toi-même…

Je réfléchis rapidement. A part la croisière que je vais faire autour de la Méditerranée au mois de septembre, je n'ai pas vraiment organisé mes vacances. Alors, pourquoi ne pas aller passer une semaine en Lorraine dans notre vieille maison familiale ? Comme, dans les quatre ans à venir, la Première Guerre mondiale va occuper tout le devant de la scène historique, nous avons prévu beaucoup de transformations dans le musée. Il serait donc judicieux que j'aille faire un tour dans les environs de Verdun, histoire de me remettre en mémoire tous les événements d'importance qui s'y sont déroulés. Du coup, je fais part de mes projets à maman, et sa réaction ne se fait pas attendre :

- Tu viens quand tu veux, Pauline ! Nous t'attendons avec impatience, ton père et moi…

Le voyage s'annonce sous les meilleurs auspices. Et dans les semaines qui suivent, je prépare soigneusement mes visites : le mémorial de Verdun, le fort et l'ossuaire de Douaumont, la nécropole de Fleury, le fort de Vaux, les Eparges, et bien sûr toutes les forêts qui ont servi de cadre à cette guerre sanglante. En une semaine, je compte bien faire le plein d'Histoire et préparer les scènes miniatures que je veux reproduire. Cela ne devrait pas être trop difficile dans l'atmosphère paisible de ma maison d'enfance…

Abri de fortune

« Des niches et des abris étaient creusés dans les parois et remplis de branches séchées, où l'on mettait le feu pour évacuer l'humidité. Il n'y avait ni table ni chaise, et on n'y tenait pas davantage debout qu'allongé. Seuls les abris des officiers bénéficiaient d'un minimum de confort… »

Après avoir roulé toute la nuit, j'arrive enfin dans le petit village où j'ai grandi. Je suis ravie de revoir mes parents, mais maman m'accueille avec un air catastrophé :

- Tes frères viennent de débarquer, avec femmes et enfants. Ils reviennent de vacances, et ils ont décidé de faire un crochet par ici pour passer quelques jours en famille. Le seul problème, c'est que le premier étage de la maison est en travaux ! Vous allez tous devoir vous entasser dans la salle à manger et dormir sur des lits de camp…

Qu'à cela ne tienne, on n'en mourra pas ! Et puis, je suis très contente de voir mes frères, Didier et Antoine, un peu moins mes belles-sœurs, Cannelle et Marthe. Quant à mes neveux, Kevin est un monstre, Jeanne, une momie… On tâchera de faire avec !

Et, en effet, il va falloir faire avec ! Comme il pleut, je dois m'improviser monitrice de camp de vacances avec des enfants qui ne savent rien faire de leurs dix doigts. En plus, il me faut supporter une nourriture innommable que Cannelle a_absolument tenu à préparer, à savoir un mélange de cuisine bio, végétarienne et diététique, dont même son fils pense que :

- C'est dégueu !…

Quant à la nuit que nous avons passée, entre les pauses pipi, Antoine qui est tombé plusieurs fois à la renverse sur Didier en courant après son fils Kevin, le coq du voisin qui chantait toutes les heures, et Marthe qui ronflait, autant dire que je n'ai pas fermé l'œil de la nuit ! Et aujourd'hui, il pleut encore, et pour comble de malchance, le père Muller s'est absenté quelques jours.

Le moins que l'on puisse dire, c'est que les vacances commencent mal ! Enfin, à la guerre comme à la guerre…

Artisanat d'art

« Entre deux assauts, les soldats contraints à l'inaction et à l'immobilité de la guerre des tranchées s'occupaient en pratiquant des activités manuelles. Utilisant des douilles et du matériel d'équipement, ils fabriquaient des objets de la vie quotidienne ou des articles décoratifs… »

Ce matin, à nouveau, il pleut à verse. La nuit a été difficile, car elle fut semblable à celle d'hier, avec des interruptions en tout genre et des réveils en fanfare à peu près toutes les heures. Alors, j'ai pris un petit déjeuner rapide et me suis isolée dans le bureau de mon père pour travailler un peu. La pluie m'empêchant de sortir, le père Muller n'étant toujours pas rentré, autant en profiter pour exercer mes talents de miniaturiste ! Je commence donc par examiner les documents qui vont servir de support à mes reproductions. On y voit des ateliers, ceux où l'on pratiquait l'art des tranchées qui allait enfiévrer l'armée française durant toute la Première Guerre mondiale. C'est là qu'on fabriquait des objets qui n'allaient pas tarder à être élevés au rang d'art populaire. En observant les photos que j'ai à ma disposition, je remarque très vite que les ateliers en question ont tous été construits de la même façon. Creusés à même les flancs des collines, leurs voies d'accès sont étayées par des poutres en bois et renforcées par des sacs de sable. Certains soldats travaillent dehors, assis par terre, faisant fondre des bouts de métal sur des réchauds, avec divers outils à leur disposition. De fait, je sais déjà que les outils que je vois demanderont beaucoup de minutie dans leur technique d'exécution à l'échelle 1/12. Heureusement, je sais comment procéder. En utilisant des piques à olive, des trombones, des maillons de chaîne, des épingles, je devrais pouvoir recréer sans trop de difficulté les marteaux, ciseaux, et autres pinces que les artisans des tranchées utilisaient. En fait, c'est pour les objets qu'ils façonnaient que je vais devoir davantage me creuser la tête. La liste que j'en dresse – briquet, couteau, bague, boîte à bijoux, tabatière, canne, porte-plume, encrier... – est impressionnante et va me demander de déployer beaucoup d'inventivité. Mais ce qui va me donner le plus de fil à retordre, à coup sûr, ce sont les douilles gravées et sculptées, ces objets décoratifs si savamment travaillés par les militaires... Comment vais-je pouvoir les reproduire à l'échelle 1/12 ?

En attendant d'avoir une idée de génie, je commence à tracer les plans de mes vitrines. On utilisera beaucoup de terre, du bois, de la toile de jute. Je prends des mesures, calcule la longueur approximative des objets et les reporte sur mon plan, jusqu'à ce que je sois interrompue par la voix horrifiée de ma belle-sœur qui hurle :

- Kevin ! Qu'est-ce que tu as fait aux cheveux de ta cousine ? Donne-moi ces ciseaux !

Salon de coiffure

« Malgré le port des casques réglementaires, on comptait de plus en plus de blessures à la tête. Pour éviter les infections, il était préférable de garder les cheveux courts, d'où des visites répétées chez le coiffeur... »

Et dire que je croyais que je pourrais être tranquille !

Les hurlements ne faisant qu'augmenter, je finis par me précipiter dans l'entrée, au moment précis où Kevin jaillit à fond de train de la salle à manger, poursuivi par Marthe dont le visage est rouge écarlate, elle-même poursuivie par l'oncle Marc qui tente de lui faire remarquer que c'est dangereux de courir après un enfant qui a des ciseaux dans les mains. Sur ces entrefaites, maman et Cannelle débarquent dans l'entrée, effarées, et, dans un même élan héroïque, décident de faire barrage au petit bolide qui, lancé à toute vitesse, revient vers nous avec sa tante toujours à ses trousses. C'est alors que charitablement je pousse maman et Cannelle pour leur éviter de se faire éventrer – enfin, pour être honnête, c'est surtout maman que je pousse –, ce qui permet à Kevin de passer en trombe devant nous. Puis, il échappe à son père qui a fini par se lever de son fauteuil. C'est finalement l'intervention de l'intraitable Didier qui va interrompre cette course folle, sauf que le malheureux Kevin se retrouve projeté dans un fauteuil branlant qui s'effondre sous son poids.

Aussitôt, les premiers hurlements retentissent :

- Attention aux ciseaux ! crie Cannelle

- Tu as vu la coupe de ma fille ! lui répond Didier sur le même ton.

Il est vrai que, suite à l'intervention musclée de mon frère aîné, les ciseaux ont failli se planter dans la tête de mon neveu, mais il est également vrai que ma nièce, déjà pourvue d'un physique ingrat, arbore désormais une coiffure des plus étranges, à tel point qu'il semble difficile de faire semblant de ne pas s'en apercevoir. Marthe

15

s'avance d'ailleurs au milieu de la pièce, en tirant Louise derrière elle.

Avec des airs de tragédienne grecque, elle prend toute l'assistance à témoin :

- Vous avez vu ce que ce monstre a fait à ma fille ?

- Ça se voit à peine, affirme Antoine, de mauvaise foi.

- Avec un bon coiffeur, il n'y paraîtra plus ! s'énerve Cannelle, qui ne supporte pas qu'on s'en prenne à son fils chéri.

Pendant ce temps, le monstre hurle à qui veut l'entendre :

- Je lui ai fait la coupe « une mèche sur deux » ! Je lui ai fait la coupe « une mèche sur deux » !

- Vous vous fichez de moi tous les trois ? s'écrie alors Didier, avec des gestes menaçants… Très bien, puisque c'est comme ça, nous partons sur-le-champ !

Et le voilà qui s'en va, prêt à faire ses bagages, pendant que sa femme et Cannelle commencent à se crêper joyeusement le chignon à quelques mètres de là…

En bref, il nous faudra quasiment tout le reste de la journée pour calmer les esprits. Les pourparlers seront rompus à plusieurs reprises, et tout le tact de maman et le doigté de l'oncle Marc s'avéreront nécessaires pour empêcher le départ intempestif de mes deux frères et de leurs tendres moitiés.

Hélas, sans le vouloir, papa allait signer le soir même la reprise des hostilités, en s'étonnant d'une chose que tout le monde essayait d'oublier :

- Mais, dites-moi, Louise a été chez le coiffeur aujourd'hui !

Non, justement, il était prévu qu'elle y aille le lendemain…

En première ligne, dans la boue des tranchées

« Les hommes couraient, trébuchaient, ruisselants de peur dans le fracas incessant des balles. A chaque instant, des soldats s'effondraient et lâchaient leur fusil. Glissant dans la tranchée boueuse, et malgré sa blessure, un capitaine allait de l'un à l'autre. Les rafales se rapprochaient dangereusement… »

Aujourd'hui, le beau temps est revenu, et nous allons en profiter pour aller visiter le fort et l'ossuaire de Douaumont, et puis la nécropole de Fleury. La visite se fera en famille... J'espère seulement qu'il n'y aura pas de psychodrame, maintenant que Louise est allée chez le coiffeur, et que Kevin a l'air de s'être calmé !

Quand nous montons en voiture, je remarque bien au loin quelques nuages menaçants, et il me semble entendre quelques coups de tonnerre, mais je me dis qu'avec un peu de chance l'orage ne devrait pas passer au-dessus de nos têtes. C'est donc joyeux et confiants que nous nous entassons dans les véhicules, et nous voilà partis sur les routes de Lorraine. Très vite, cependant, la première voiture qui est conduite par Antoine s'arrête. Et nous voyons Kevin sortir du véhicule comme un boulet de canon, traverser le champ qui borde la route à toute vitesse, et s'engouffrer dans la forêt toute proche, tout ça suivi par Cannelle qui n'arrive pas à le rattraper. Dans la seconde voiture, Marthe et moi, nous nous interrogeons, jusqu'à ce que Didier pousse un soupir excédé. Il regarde sa femme d'un air accusateur, comme si elle était responsable de ce contretemps, et il lui demande rageusement :

- Mais qu'est-ce qui leur arrive encore ?

Nous descendons de voiture pour nous renseigner. Et le couperet tombe :

- Arrêt pipi ! annonce Antoine, hilare.

Didier, lui, ne rit pas, et il décide d'en faire part à Antoine. Et pendant qu'il lui explique que c'est quand même impensable de ne pas pouvoir faire plus de cinq kilomètres sans s'arrêter, Marthe entreprend de faire un exposé à sa fille sur ce qui s'est passé dans notre belle région :

- Tu vois, Louise, ici, des gens sont morts pour la France. N'écoutant que leur courage et leur patriotisme, ils ont tout enduré, et puis ils ont fini par repousser les envahisseurs qui venaient de l'est et ...

Soudain, elle est brutalement interrompue par des cris :

- Kevin est tombé dans une tranchée ! entend-on hurler du côté de la forêt.

- Une tranchée, ici ? crie alors Didier, en se mettant à courir. Ça m'étonnerait beaucoup…

Tout le mode se précipite et, quand nous arrivons sur les lieux du sinistre, nous découvrons l'étendue des dégâts. Kevin gît au fond d'un trou boueux, tandis que Cannelle essaie de lui tendre un bout de bois pour l'aider à en sortir. Didier et Antoine prennent immédiatement la direction des opérations et ils tentent à leur tour de faire sortir Kevin de sa tranchée boueuse, sans trop se salir. J'entends alors l'orage qui se rapproche dangereusement, et avant même que j'aie pu en faire la remarque, les premières gouttes commencent à tomber et, dix secondes plus tard, c'est une pluie diluvienne qui s'abat sur nous… C'est la débandade ! Didier et Antoine redoublent d'effort pour sortir Kevin de sa tranchée, sauf qu'ils n'arrêtent pas de glisser dans la boue.

Cannelle hurle :

- Je vous en supplie, sauvez-le !

Didier lui répond :

- Nom de Dieu ! Mais quelle famille de jean-foutre !

Marthe, qui a oublié ses lunettes dans la voiture, n'y voit plus rien et elle s'accroche à sa fille qui n'a pas l'air de bien savoir où elle va.

Cannelle s'énerve :

- Mais sortez-le de là, il va attraper la mort !

Et Marthe, aveuglée, explique à tout le monde :

- Mais dépêchez-vous, la foudre va nous tomber dessus !

Pendant ce temps, je prête main-forte à mes frères, et nous parvenons enfin, dans un premier temps à nous extirper de la tranchée, puis dans un second temps de la forêt, sauf qu'ensuite chacun part de son côté, les avis divergeant sur l'endroit où ont été laissées les voitures…

Finalement, nous avons retrouvé les voitures, mais nous sommes arrivés exténués à la maison. Après un passage dans la salle de bain, puis un goûter revigorant, nous nous sommes mis à jouer aux cartes. Mais comme l'a fait remarquer papa, dommage que Cannelle et Antoine se soient mis à tricher, et que Didier et Marthe s'en soient aperçus, ça nous aurait évité de passer une mauvaise soirée !

Alerte aux gaz

« En dépit des conventions de La Haye, les Allemands utilisèrent pour la première fois les gaz asphyxiants en avril 1915. De plus en plus toxique, leur usage se répandit très vite. Si les gaz ne causèrent que 4 % de pertes humaines, leur impact psychologique allait se révéler déterminant… »

Après notre escapade stérile, mais néanmoins meurtrière de la veille, je décide d'aller voir le père Muller qui est enfin rentré chez lui. Mon séjour se termine dans trois jours, et il est hors de question que je reparte les mains vides. Hélas, au moment où je tente de faire une sortie discrète hors de la maison, je suis vite repérée par toute la smala qui décide joyeusement de m'accompagner chez l'aïeul du village, malgré toutes les réserves que j'émets. C'est donc en force que nous arrivons chez le père Muller, qui semble ravi d'avoir un auditoire aussi attentif… Pourvu que ça dure !

Le vieil homme nous conduit donc dans son sous-sol, où se trouvent tous les trésors de guerre qu'il a patiemment rassemblés depuis de nombreuses années. Rapidement, la soldatesque se disperse dans les méandres du garage souterrain, tandis que je commence à scruter attentivement les curiosités qui m'entourent. Ici, je découvre un périscope, un de ceux qui permettaient aux soldats d'observer du fond des tranchées le no man's land, sans prendre de risque. Plus loin, je vois des chausse-trapes, autrement dit des assemblages de pointes de fer qui étaient enterrés dans les trous d'obus, afin de blesser les soldats ennemis qui venaient s'y réfugier pendant les attaques. Et puis, là, il y a une trousse d'infirmier avec des bandes, des seringues, des médicaments. De temps à autre, cependant, j'entends le père Muller s'exclamer :

- Mais où qui sont ?

Parfois aussi, je l'entends s'énerver :

- Mais c'est quand qui vont arrêter de toucher à tout ?

Cela dit, il ne me perd jamais de vue :

- Alors, elle en pense quoi ?

Ce qu'elle en pense ? Mais elle en pense que c'est magnifique, et c'est le cœur battant qu'elle poursuit sa visite. Outre les photos, les journaux d'époque, les dessins humoristiques, il y a aussi des plaques militaires, des ceinturons, des cartouchières, des gourdes, des quarts. Et puis, dans un coin, j'aperçois des objets qui me font soudain froid dans le dos. A n'en pas douter, il s'agit d'un lance-flamme et de deux masques à gaz…

Or, c'est à ce moment précis que j'entends une sorte de couinement affolé du côté du père Muller, tandis que Kevin hurle :

- Qu'est-ce qu'il y a dans ces ampoules ?

Le père Muller paraît pétrifié :

- Pose ça, petit !... C'est du gaz toxique qui a dedans, et il est toujours actif !

J'ai du mal à croire ce que je viens d'entendre.

- Comment ? s'exclame alors Didier, blanc comme un linge.

- Mais vous êtes fou ! hurle Marthe, en devenant toute rouge.

Pendant cet échange, Antoine a commencé à parlementer avec son fils, tandis que Cannelle semble prête à s'évanouir :

- Tu as entendu ce qu'a dit le monsieur, Kevin ? Donne- moi ça, s'il te plaît…

C'est alors que Didier, peu enclin à risquer sa vie à cause d'un abruti qui conserve dans sa cave des produits toxiques datant de Mathusalem, se met à hurler à l'intention de Kevin :

- Mais enfin, tu vas faire ce qu'on te dit !

Quand j'entends mon frère se mettre à hurler, j'ai tout de suite la certitude que c'est une mauvaise idée… Et, en effet, Kevin lâche toutes les ampoules qui se fracassent bruyamment sur le sol. Et alors, là, c'est la panique générale ! Kevin court partout, avant de s'enfuir dans le jardin. Le produit se répand rapidement dans le sous-sol, d'autant plus que Cannelle ne trouve rien de mieux à faire que d'ouvrir une porte pour faire courant d'air. Le garage est complètement sinistré maintenant. J'ai les yeux qui me brûlent, la gorge qui pique, et j'ai l'impression de ne plus pouvoir respirer… Je dois sortir d'ici coûte que coûte ! Aidée du père Muller, je commence alors à progresser à travers les vapeurs toxiques. Mais, au moment où nous allons franchir la porte du sous-sol, j'entends mon frère Antoine qui crie :

- Au secours ! J'étouffe !

Et Cannelle qui lui répond, entre deux accès de toux :

- Mon amour, je t'aime !

Comme je veux y retourner, le père Muller m'en empêche et il me traîne sur sa pelouse. Là, je retrouve Didier qui est déjà dehors, allongé par terre, la tête sur les genoux de Marthe, et qui geint :

- J'ai été gazé… J'ai été gazé…

Mais Antoine, lui, n'est toujours pas ressorti du garage. Alors, n'écoutant que mon courage et bousculant au passage le père Muller, je retourne dans cet enfer et j'aide Cannelle à tirer hors du sous-sol son mari qui nous explique péniblement :

- Cette fois-ci, je ne m'en sortirai pas…

Et c'est dans cet état que le père Muller nous flanque dans sa camionnette et se met à rouler à tombeau ouvert vers l'hôpital le plus proche…

Mais ce qui est bizarre tout de même, c'est que le père Muller a l'air d'aller à peu près bien, lui !

Consultation médicale dans un poste de secours

« Les blessés, s'ils le pouvaient, rejoignaient à pied les postes de premier secours installés aussi près que possible du front. Après leur avoir dispensé les premiers soins, on les évacuait vers les hôpitaux les plus proches… »

Nous sommes maintenant dans la salle d'attente des urgences où Didier continue à geindre, et Antoine à gémir, le tout affalé sur des brancards. Une infirmière est passée tout à l'heure et nous a posé quelques questions, mais je crois qu'elle est repartie un peu effarée. Il faut dire que, lorsque nous sommes arrivés, la plus grande confusion régnait, tant au niveau des symptômes énoncés qu'au niveau des événements qui les avaient provoqués. En plus, ce n'est pas très facile de s'expliquer quand on est à moitié en train de s'étouffer ! Cela dit, le personnel soignant n'a pas l'air d'être très pressé de nous examiner, ce qui fait que tout à coup Didier se met à hurler :

- Mais on peut mourir ici !

Puis il retombe, inerte, sur son brancard. Et Antoine surenchérit d'une voix mourante :

- Si ça se trouve, on est foutu… On était tout près des ampoules, quand elles ont explosé… C'est nous qui avons été les plus exposés aux produits toxiques…

Comme les hommes agonisent, sauf le père Muller qui est parti faire un petit tour à la cafétéria, Marthe décide d'aller chercher un médecin qu'elle compte bien ramener dans la salle d'attente, de gré ou de force. Et pendant ce temps-là, je gère Kevin qui touche à tout et sa mère qui sanglote.

Enfin, le médecin arrive et il demande à Marthe qui ne le lâche pas d'une semelle :

- Ce sont eux, vos grands blessés ?

Il n'a pas l'air très inquiet et commence à faire les premiers examens. Et puis, très rapidement, son verdict tombe :

- C'est superficiel, c'était juste des gaz lacrymogènes ! nous annonce-t-il d'un air narquois.

Alors, là, j'ai l'impression que Didier va exploser, tandis qu'Antoine fait remarquer à Cannelle qu'ils ne doivent pas avoir l'habitude de traiter les gens victimes d'attaque chimique dans cet hôpital.

- Mais de qui se moque-t-on ici ? l'interrompt brutalement Didier.

Heureusement, le médecin est déjà reparti et il n'a pas entendu. Et c'est finalement une infirmière qui nous annonce que nous sommes sortants et qui nous donne une ordonnance avec des médicaments que Didier compte bien ne pas prendre, car il ira aux Quinze-Vingts, dès qu'il sera rentré à Paris. Le pire dans tout ça, c'est qu'on aurait pu passer une fin de journée tranquille à essayer de se remettre de nos émotions, si seulement Marc, en nous voyant revenir de l'hôpital, ne s'était pas exclamé :

- Mais, ma parole, on dirait que vous revenez du front ! Vous avez l'air de vraies gueules cassées…

Cela dit, quand je me couche, je suis désespérée. Rien ne se passe comme je l'avais prévu, et je me demande, au vu des récents événements, si je ne ferais pas mieux de rentrer chez moi. Enfin, il paraît que la nuit porte conseil… On verra bien demain !

La capitulation

« Le 8 novembre 1918, dans un wagon de chemin de fer stationné dans une clairière de la forêt de Compiègne, l'Allemagne allait se voir imposer une capitulation totale. Le 11 novembre, le nouveau gouvernement allemand acceptait les conditions de l'armistice… »

Réflexion faite, cette fois-ci, c'en est trop, je capitule… J'ai tout supporté, le bivouac improvisé, la tambouille infâme, les négociations houleuses, la pluie, la boue, l'orage, mais l'attaque aux gaz et l'évacuation sanitaire vers un hôpital de campagne, là, c'est trop ! Du coup, c'est une reddition sans condition : je pars dans la soirée, en oubliant mes projets de circuit touristique dans les environs de Verdun. La retraite est rapide. Mes bagages sont vite faits, j'avale à la hâte quelques sandwichs, et j'écourte les adieux. Je remercie quand même le père Muller qui est venu me dire au revoir et qui a tenu à m'apporter sa collection de 14-18 – ou du moins ce qu'il en reste après l'hécatombe de la veille –, puis, les yeux larmoyants, nous nous embrassons tous, sans bien savoir si cela est encore dû aux effets du gaz ou à l'émotion suscitée par mon départ… Cela dit, je remarque tout de même le coup d'œil assassin que le père Muller jette à mon bataillon d'éclopés !

Au moment de monter en voiture, maman se penche vers moi et me glisse à l'oreille :

- J'espère que ça va aller, Pauline ! J'aurais tellement voulu que cette semaine de vacances en famille se passe autrement…

Elle a l'air tellement contrariée que je lui fais un clin d'œil complice :

- Ne t'inquiète pas, maman ! lui dis-je. C'est pas *la der des ders...* On reviendra !

(Més)aventures d'aventurière

Estelle Civerman

Chapitre 1

Une aventurière... Je ne suis pas sûre que c'est ainsi que je me serais définie, mais il faut croire que partir en vacances pour l'Argentine avait fait de moi la nouvelle Marco Polo moderne. Du moins pour Eva.

- Mais tu es folle, Léa ! s'exclama-t-elle pour la énième fois depuis les dix longues minutes où je lui avais appris ma prochaine destination. Je ne le sens pas ce voyage ! Il risque de t'arriver plein d'ennuis, c'est dangereux, qui sait si tu vas en revenir ! vociféra-t-elle en appuyant son propos d'un coup de pot à crayon bien senti sur le bureau.

Pour être honnête, j'ai failli rire, mais comme je n'aime pas blesser les gens que j'apprécie, je me suis retenue. Et Eva, je l'aime bien. Ça fait des années qu'on partage le même bureau. Ni collègue, ni amie, sœur et étrangère, elle croit me connaître et m'imagine perdue en contrée étrangère.

Moi, je me considère comme une grande voyageuse, un coup à l'ouest, l'autre à l'est de la planète. Pour résumer, je n'ai pas peur et en plus j'ai prévu l'antivenin. Parée à toute éventualité.

- T'inquiète pas ! Tu me connais en voyage, je prévois tout.

Une vraie reine de l'organisation ! Il ne peut rien m'arriver !
Je ne suis pas superstitieuse, mais il faut croire que ce n'était pas la phrase à prononcer. Si j'avais su ce qui allait se passer, je me serais tue. Enfin, je pense que c'est toujours ce que l'on se dit lorsqu'on est au centre d'un désert de sel, sans eau, lunettes de soleil, papiers d'identité et carte bleue. Non pas que cette dernière ait vraiment une utilité dans l'immédiat, mais on ne sait jamais.

Lorsque je vis un nuage de poussière se soulever à l'horizon, je secouai violemment Julio qui s'était endormi à l'ombre du 4x4. Il ne fallait pas laisser passer cette occasion! Après m'être laissée submergée par l'émotion - j'avais assez mal vécu l'arrêtée inopinée du véhicule au milieu de nulle part à cause d'une panne d'essence impromptue - j'avais décidé de prendre la direction des opérations. Julio ne s'y était pas opposé et depuis il s'était tranquillement affalé près de la voiture pendant que je marchais dans un sens puis dans l'autre passant et repassant devant l'imperturbable dormeur sur cette route qui rejoignait Salta et je ne sais plus quel village au nom Inca imprononçable. Rouge et exténuée, je regardais mon chauffeur ouvrir mollement un œil et tenter de se lever lourdement. Il était impressionnant de voir ce petit personnage réussir à lever la montagne qui constituait son anatomie sans défaillir sous le poids.

Enfin debout, Julio me jeta un regard sombre et je compris que dans l'équation le laisser dormir ou être sauvé par une voiture, il n'obtenait pas le même résultat que moi. Il fit malgré tout l'effort de quelques mouvements de bras lascifs en direction de la voiture qui n'était maintenant plus qu'à une cinquantaine de mètres de nous. Je contribuais à fort recours de mouvements frénétiques de mes mains alternant le croisé, décroisé avec autant de grâce que le moment le permettait. Je ne regrettai pas à cet instant l'absence de Martin, ce voyageur rencontré quelques jours plus tôt qui ne semblait vivre que pour remplir son blog ou envoyer des photos via des réseaux sociaux.

La voiture s'arrêta en crachotant tout ce qu'elle avait sous le moteur et je crus un instant qu'elle aussi allait y rester. Lorsque la tête d'un vieil homme au visage buriné par le soleil apparut, je me sentis soulagée. Un homme du pays qui allait pouvoir nous sortir de cette impasse en deux temps, trois mouvements ! J'allais m'approcher du conducteur pour le saluer quand la portière arrière gauche s'ouvrit. Et là, je regrettai amèrement ma satisfaction fugace. Martin venait de poindre son nez dans le décor, lunettes de soleil *Rayban* parfaitement ajustées, chemise en lin à peine froissée et sourire moqueur bien incrusté sur son visage d'homme d'affaires de la City qui n'arrive jamais vraiment à la quitter.

- Tu pourrais quand même te montrer plus reconnaissante, fit remarquer Martin avec cet accent compassé et tellement désuet de la haute société britannique.

Je serrai les dents et continuai à regarder le paysage défiler, prête à me brûler la rétine plutôt que de devoir le regarder. Nos guides respectifs étaient partis dans une discussion intense sur une vente de lamas qui passait à la radio ayant immédiatement requis toute leur attention. A défaut de pouvoir comprendre la discussion, je partis dans mes pensées et comme souvent durant ce voyage, je ne pus m'empêcher de songer aux multiples péripéties qui l'avaient ponctué.

Chapitre 2

Tout avait commencé à l'aéroport. Réglée comme une horloge suisse, j'étais arrivée bien avant les deux heures réglementaires précédent le départ du vol. Après m'être acheté les sacro-saintes revues people, j'avais passé le check-in et les contrôles avec succès. Je m'étais alors assise dans la salle d'embarquement attendant avec impatience l'heure de départ pour ces vacances dont j'avais tant rêvé. Des mois d'économies pour me les offrir, des heures à réfléchir sur le circuit à adopter. Une envie d'évasion qui me taraudait d'autant plus que mon travail commençait à me peser. Il était temps que je m'octroie une pause bien méritée. Je regardai les minutes s'égrener avec une telle lenteur que je regrettai de ne pas être encore une enfant pour pouvoir trépigner sur place.

Enfin, l'heure arriva. Mais le message informant les passagers de l'embarquement immédiat n'apparut pas. Les hôtesses parlaient entre elles, derrière le panneau d'embarquement, sans jeter le moindre coup d'œil vers la salle. Au bout de quelques minutes supplémentaires, je commençai à les soupçonner fortement d'occulter volontairement notre présence, de peur qu'un échange de regards ne risque de les mettre dans une situation compromettante.

Un homme au menton volontaire et à la démarche chaloupée s'avança vers le panneau. Dans une synchronisation parfaite, les hôtesses se regroupèrent toutes en un seul bloc, prêtes à faire face à l'ennemi. Un échange de paroles saccadées eut lieu entre les parties qui se solda par une retraite du voyageur, sourcils froncés et bouche serrée vers sa femme et ses trois enfants qui piaillaient à n'en plus finir. Cette incursion, à défaut de nous apporter la moindre nouvelle sur l'état du vol eut au moins le mérite de faire cesser toute nuisance sonore des enfants, leur père y ayant mis fin de ce même regard noir qu'il avait lancé aux hôtesses.

Le temps m'avait alors paru de plus en plus long. J'avais moi-même tenté un raid vers le personnel navigant, mais j'avais eu droit à la même réponse classique qu'à l'ensemble des voyageurs. Un souci technique empêchait l'avion de décoller. Elles étaient désolées, mais ne savaient vraiment pas quand il allait pouvoir partir. C'était bien dommage parce que ce vol m'amenait à Madrid où une correspondance pour Buenos Aires devait avoir lieu. Je ne vous ferai pas l'offense de vous dire la déduction qui s'imposait, mais en ce qui me concernait il devenait urgent que l'avion décolle.

Il ne décolla pas.

En tout cas pas quand il m'aurait permis d'avoir ma correspondance et je passai ainsi une nuit a Madrid dans un hôtel proche de l'aéroport, le prochain vol n'étant que le lendemain soir. Je n'étais pas seule et avec les dix pèlerins qui formaient le groupe de malchanceux - j'ignorais encore que j'aurais pu prétendre à la place de leader incontesté - nous nous couchâmes la rage au ventre d'avoir perdu notre première journée de vacances.

On dit que les voyages permettent de faire des rencontres. Je peux vous confirmer que c'est bien la vérité parce que ce voyage m'a permis de rencontrer Martin, le fameux, qui faisait partie des heureux gagnants de la journée de découverte de Madrid et avec qui j'avais eu la bonne idée de partager le taxi vers le centre-ville.

En revanche, les voyages ne vous garantissent pas la qualité des rencontres. Je peux vous en apporter la preuve.

Martin, en dehors d'être anglais et de naviguer ainsi par essence même dans d'autres sphères que les miennes, cumulait avec le fait d'être un ancien trader reconverti dans la découverte d'hôtels de luxe. A l'entendre parler de sa nouvelle profession, Indiana Jones aurait pu tout de suite raccrocher son fouet. Danger et contrées inconnues semblaient être son quotidien et après quelques phrases, j'avais décroché pour songer à la réorganisation de mon voyage suite à ce contretemps. Ses yeux verts et ses traits fins avaient rapidement perdu le match face à la diatribe de leur propriétaire.

Malheureusement, Martin lui s'accrocha et si j'avais pu penser visiter Madrid en toute quiétude, je compris rapidement que ça n'allait pas pouvoir être le cas. J'en étais à me faire la réflexion que les hommes beaux avaient comme tous leurs défauts, mais que cela n'en était que plus décevant. Détruire le rêve du prince charmant devrait être puni de la peine de mort.

Toujours est-il qu'il ne cessa de parler de son métier, de ses voyages, de ses amis éparpillés aux quatre coins du monde... De lui somme toute. Tout faisait référence à sa vie personnelle, même les jardins du Palais Royal lui rappelèrent celui ou il révisait durant ses études. Mais des questions sur ma vie, pas une en dehors de connaître mon prénom !

Épuisant est un adjectif trop faible pour décrire ce que fut cette journée dans les rues colorées de Madrid, mais à force de l'avoir trop écouté parler, je crois que c'est moi qui manque de mots.

Enfin, le soir du départ pour Buenos Aires arriva et nous pûmes décoller pour cette fascinante destination qu'était pour moi l'Argentine. Je constatai que Martin n'était pas à proximité de ma place et ce fut avec une satisfaction non feinte que je me rencognai dans mon siège en poussant un soupir de soulagement. Les vacances commençaient vraiment.

Chapitre 3

Buenos Aires. Je ne saurai dire exactement l'impression que me laissa cette ville lorsque je la découvris. La raison en est bien simple, je n'en eus pas le temps.

Arrivée a l'aéroport, c'est sans un regard en arrière que je m'é-tais engouffrée dans le premier taxi arrivé même si, avec un effort qui aurait consisté à tourner légèrement la tête vers la gauche, j'au-rais pu voir et surtout pu répondre au signe de main de Martin, qui semblait tout a fait disposé à partager à nouveau ce moyen de loco-motion avec moi.

Tranquillement installée et débarrassée de son encombrante présence, je me rendis à mon hôtel où je pus déposer mes bagages et de là me rendre rapidement à la gare routière où je devais acheter mes billets de bus pour Salta, ville de l'Ouest argentin, située au milieu des montagnes et non loin des Salines Grandes.

Une fois mes achats réalisés, ma visite de la célèbre capitale argentine débuta. Je me promenais tranquillement dans ses rues lorsque celles-ci m'amenèrent prés de la Plaza de Mayo où je déci-dai d'aller me restaurer avant de la visiter. Je choisis un restaurant de grillade et j'en étais à déguster le tendre bœuf argentin lors-qu'une vieille femme m'aborda en me montrant une pétition à signer. Je refusai poliment et celle-ci après avoir quelque peu insisté s'éloigna lentement.

Bien repue, je décidai de continuer mes visites et je m'accordai avec moi-même pour faire un point en procédant à une brève lecture de mon guide.

Un frisson. Une étrange sensation de vide sous ma main à l'en-droit exact où se trouvait mon sac à main quelques instants plus tôt. Je jetai un regard rapide et l'angoisse que j'avais senti monter en moi en quelques secondes se déversa telle une vague et balaya tous mes capteurs de rationalité, recul et maîtrise de soi. Je sautai de mon siège, criai et montrai avec épouvante aux serveurs le lieu du crime, le pied gauche de ma chaise. Les échanges que nous eûmes ne valent pas la peine que l'on s'attarde dessus. Pour la simple raison que le discours d'une femme en pleurs et atterrée ne nécessite pas d'épiloguer longuement - l'émotion ressenti résume à elle seule l'intensité de la situation vécue - et surtout parce que ce même discours en parlant anglais à un homme qui ne parle qu'espagnol trouve rapidement ses limites.

L'essentiel fut tout de même compris par le serveur qui saisit rapidement qu'il ne serait pas payé et par moi, qui réalisa que le vol de l'objet entraînait une liste longue et douloureuse de pertes : passeport, carte bleue, une partie de mon argent liquide, billets de car, appareil photo, lunettes de vue et de soleil, pilule et clef de la valise. Bref, j'étais en Argentine, sans papiers, sans parler la langue avec un petit paquet de pesos argentin au fond de ma valise, mais qui seraient bien loin de me permettre de finir mon voyage. Je me sentis profondément seule. Sans téléphone.

Lorsque la police arriva, elle m'envoya au service dédié aux étrangers où il n'y avait pas de traducteur. Il m'était impossible d'aller à l'ambassade parce qu'évidemment avec cette arrivée en Argentine décalée d'une journée, on était dimanche et elle était fermée.

Je patientai sur un vieux divan défraîchi aux motifs désormais non identifiables, lorsqu'une femme qui me sembla bien jeune s'assit à côté de moi.

- Qu'est-ce qui t'arrive ? me demanda-t-elle avec un accent aux intonations chantantes du Sud.

Étrangement, l'entendre parler français faillit ouvrir le barrage de mes sinus que je venais tout juste de colmater. C'est fou comme cet accent généra chez moi un sentiment de retour au pays alors qu'en général je ne pouvais m'empêcher de sourire à ces sonorités ensoleillées.

- Mon sac à main a été volé... Je n'ai presque plus rien et surtout pas de téléphone pour faire opposition à ma carte. Le policier de l'accueil m'a dit que j'avais droit à un appel, mais le téléphone ne marche pas... Un trémolo dans ma voix annonça clairement mon état mental. Fichu nœud dans la gorge, il ne vous étranglait pas que la parole, mais aussi la fierté !

- T'inquiète, je te prête le mien. C'est un téléphone à carte. Je suis là pour six mois donc j'ai le matos. Moi, c'est la deuxième fois que je me fais agresser, maintenant j'ai l'habitude ! Cette fois, c'est mon appareil photo qu'ils ont pris.

Elle me tendit un mouchoir et consciente que les rôles générationnels venaient brusquement de s'inverser, j'appuyai ma tête sur son épaule.

Il n'y a rien de pire que la gentillesse après avoir subi une bonne saloperie, vous êtes désarmée.

Après l'appel à ma banque et ma déposition à la police, je quittai ma sauveuse non sans de nombreux remerciements et retournai à la station de bus pour demander à ce que mes billets soient décalés au lendemain. Malgré mes cris, mes vociférations, l'agence refusa. Je les maudis tous sur cinq générations, mais rien n'y fit. Toujours cette fichue barrière de la langue qui vous donne l'impression d'être le pigeon le plus convoité d'Argentine. Après la solidarité de la jeune touriste, je découvrais l'opportunisme de commerçants sans scrupule. Ce voyage riche de contrastes émotionnels commençait véritablement à m'épuiser.

Je rachetai donc des billets à un autre vendeur et rongée par la colère, je quittai Buenos Aires le lendemain après un rapide passage à l'ambassade.

Je craignais de trouver le trajet de bus long. Dix-huit heures pour rejoindre Salta depuis Buenos Aires. Je m'étais trompée. Il fut affreusement long. La climatisation glaciale me laissa dans un état non loin de l'hypothermie, mais surtout la présence de Martin finit de m'achever.

Jamais je n'aurais pu imaginer cette conséquence redoutable du vol de mon sac à main. A une journée près, je l'aurai évité. Quel concours de circonstances !

Après m'avoir regardé comme une bête curieuse lorsque je lui avais raconté mon histoire, Martin m'avait décrit sa visite de Buenos Aires, ses bars avec sa musique chaude et langoureuse, l'ambiance festive du quartier Palermo une fois la nuit tombée, la visite de la Plaza Mayo qui me fit grincer les dents.

- Tu as prévu de faire quoi une fois à Salta ? me demanda-t-il, me prenant au dépourvu de s'intéresser à mes projets. Moi qui le croyais uniquement centré sur sa petite personne...

- Un circuit avec un guide dans les villes de Tilcara et de Purmamarca et surtout la visite du désert de Tolar Grande. Ça a l'air fabuleux, glissais-je, en regrettant aussitôt la divulgation de mes informations. Comme si les éléments extérieurs ne suffisaient pas, il fallait que j'en rajoute en risquant de me mettre dans une situation compromettante !

- Dis comme ça, ça à l'air tentant ! Ça ne te dit pas qu'on fasse le circuit ensemble ?

Autant pour moi, je reformule, je me suis mise dans une situation compromettante.

- Aie pas l'air inquiète comme ça, te fais pas de film, je ne te drague pas! s'exclama-t-il, un sourire en coin qui en disait long sur ce qu'il pensait de cette éventualité. C'est juste pour que ça revienne moins cher. A deux, tu vois, les coûts sont forcement divisés...

Tandis qu'il continuait son explication financière, je me fis la remarque que subtil et anglais n'allaient pas forcement de pair et que ce voyage allait balayer beaucoup des stéréotypes que je pouvais avoir, pour le meilleur ou pour le pire.

Chapitre 4

Le soleil commençait à se coucher et je regardai les ombres des montagnes s'atténuer en douceur pour laisser place à l'uniformité de la nuit. Martin avait fermé les yeux depuis un bon moment permettant à un silence reposant et propice aux réflexions de s'installer. Je venais de revivre tout mon voyage et l'étrange sentiment qu'il m'inspirait s'approchait d'une étonnante sérénité. Un détachement qui avait commencé à sourdre en moi lorsque la voiture s'était arrêtée dans le désert et que j'avais à nouveau croisé la route de Martin. En fait, j'étais blasée. Complètement.

Tous ces ennuis successifs les uns après les autres... Sans être d'un naturel superstitieuse, je commençais vraiment à croire que quelqu'un m'en voulait ! Et Martin ! Alors que j'avais réussi à le semer lors de mon arrivée à Salta - j'avais même fini par prétexter que je devais retrouver une ancienne conquête ce qui avait fini par me permettre d'obtenir l'effet escompté - il avait fallu qu'il me trouve perdue en plein désert. Le pire, et la frustration n'en était que plus grande, c'est que j'aurais aimé pouvoir lui être reconnaissante pour son aide. En étant la plus objective possible, je savais qu'il m'avait sortie d'un sacré pétrin. Mais, il était tellement...

Je le regardais endormi près de moi, et j'observais à nouveau ses traits fins et délicats, ce léger pli au niveau du coin gauche de la bouche qui se transformait en rictus moqueur et suffisant dès qu'il ouvrait la bouche. Alors qu'il était, pour être complètement honnête, physiquement mon type d'homme, moi l'éternelle célibataire, je ne pouvais m'imaginer à ses côtés. Quel gâchis !

Ce dernier périple annonça la fin des vacances et le retour désormais proche en France. J'avais eu quelques difficultés à récupérer de l'argent auprès de ma banque, mais après avoir fait preuve de persévérance, j'avais enfin pu débloquer une somme via Western Union.

Martin m'accompagna jusqu'à la gare routière. Nous n'avions pas pris la même compagnie aussi nos chemins allaient se séparer, mais risquaient à nouveau de se croiser à l'aéroport. Nous avions le même vol de retour.

Martin ne semblait pas à son aise, le regard fuyant, les mains enfoncées dans les poches de son bermuda kaki.

- Bon... Rentre bien alors, lâcha-t-il du bout des lèvres, la moue renfrognée d'un petit garçon peinte sur son visage.

- Merci, cette fois j'ai tout prévu ! déclarai-je en montrant mon jean, mon pull et mes baskets. Je ne pus m'empêcher de sourire. Un sourire que je m'adressai personnellement. C'était impressionnant de voir que malgré toutes mes mésaventures, j'avais toujours le sentiment que prévoir me protégerait des ennuis. Comme quoi les habitudes sont tenaces !

Martin interpréta différemment mon sourire et m'en lança un en retour. Un sourire triste, un peu crispé. Un sourire qui semblait manquer de pratique, de naturel. Un sourire qui semblait ne pas avoir souvent ses entrées sur son visage. Et pour la première fois, je compris qui se cachait derrière tous ces discours sur ses ambitions et sa vie, un homme, perdu, qui ne savait même plus sourire... J'eus de la peine pour lui.

- Peut-être qu'on se reverra à l'aéroport ! lançai-je, pressée de mettre un terme à la tension palpable qui s'était installée entre nous.

Je ne voulais pas lui donner d'illusion en faisant durer ces aux revoirs plus que nécessaire, mais devant l'absence de réponse de sa part, je compris qu'il attendait quelque chose de moi. Et soudain, avec stupeur, je me rendis compte que je ne l'avais pas remercié pour son sauvetage dans le désert. Certes, il ne m'en avait pas laissé le temps, puisqu'il n'avait cessé de parler. Et puis, sur le moment, j'aurais donné n'importe quoi pour ne pas tomber sur lui. Mais bon, avec du recul, ce n'était pas une excuse.

- Merci, au fait, pour hier. Si ta voiture n'était pas passée par là, j'aurais fini par cuire dans le désert !

- C'est rien, c'est rien, affirma-t-il en appuyant son propos d'un mouvement de négation des deux mains. Si ça a pu t'aider avec tous les ennuis que tu as rencontré, c'est toujours ça de pris.

Sa réponse me laissa coite. Je ne l'aurai jamais imaginé tenir de tels propos et puis, surtout, ça voulait dire qu'il m'avait écoutée et qu'il compatissait.

Soudain, un bruit strident me fit sursauter. Le chauffeur du bus klaxonnait afin de signaler aux retardataires un départ imminent. Je n'avais plus le temps. Je n'allais pas encore rater mon bus, surtout de mon propre fait !

- Merci encore Martin, m'empressais-je d'ajouter et profite bien de tes derniers jours !

Devant son absence de réaction, je saisi fermement mon sac, me retournais et me dirigeais d'un pas preste vers la porte du car. Lorsqu'assise à mon siège, je regardais si Martin était encore près du car, je vis qu'il était parti. Sans un mot.

Chapitre 5

De retour à l'aéroport de Buenos Aires. Je fais maintenant la queue depuis presque deux heures pour le check-in. J'ai rarement vu autant de monde pour un embarquement. En même temps deux guichets d'ouverts, c'est un peu juste pour un A380.

Je regarde à droite et à gauche dans l'espoir inavoué de voir Martin. Sa dernière phrase m'a touché, son silence encore plus. Je n'aperçois pas son allure dégingandée et ses yeux verts espiègles. Pour une fois que j'aimerais le voir, il n'est pas là.

J'arrive enfin au guichet. L'hôtesse regarde mon laissez-passer de l'ambassade, mon dépôt de plainte et avec un sourire ennuyé m'informe qu'il faut que je le fasse tamponner par le service de l'immigration. Personne ne me l'avait dit. Encore une épreuve. Contrairement à tous ces passagers qui semblent ravis et reposés de leurs vacances, je suis épuisée. Les miennes ont été un véritable cauchemar.

Je n'en peux plus. Je suis prête à m'asseoir près de cette hôtesse, à prendre ma tête entre mes mains et à pleurer. Elle est belle, l'aventurière ! Le check-in se termine dans dix minutes, je dois traverser l'aéroport pour aller au service immigration et là je n'ai plus envie. L'hôtesse me regarde, indifférente à la détresse qu'elle lit sur mes traits. Elle a besoin de son tampon, un point c'est tout.

Et là, je sens une main sur mon épaule. Une main grande et forte qui me saisit et me bouscule en même temps. Je tourne la tête et je croise son regard, ses yeux verts qui ne sont plus espiègles, suffisants ou moqueurs, mais inquiets pour moi.

- On va au service immigration, affirme-t-il plus qu'il ne le demande.

Je le suis. On court, on bouscule les voyageurs paisibles qui ne sont pas pressés, eux. Le bureau de l'immigration. Une famille devant nous. Martin s'impose, leur explique la situation et me fait passer devant. Là, je découvre qu'en plus d'être bilingue français-anglais, il parle espagnol. Et il est prêt à m'aider. Il arrive à me surprendre malgré l'angoisse qui m'étreint. Il hausse le ton avec l'employée pour qu'elle s'active, elle qui semble être en pause perpétuelle avec ses amies au fond du bureau. Elle revient vers nous en maugréant, le document entre les mains. Martin s'en saisit, nous courons.

On ne fait plus que courir jusqu'à l'embarquement, où l'on est alors séparé, chacun à un bout de l'avion. Brusquement, sans trop avoir le temps de réfléchir.

L'avion décolle et pour la première fois depuis que je voyage, je suis heureuse de rentrer en France. Mes vacances rêvées, mes économies d'une année, envolées, brûlées sous le soleil argentin. Je suis vidée. Pourtant, je sais que j'ai trouvé là-bas quelque chose que je pensais ne plus jamais ressentir. Et lorsque je m'endors, je sens que j'ai le sourire aux lèvres.

A la sortie de l'avion, les gens se bousculent. En queue, je sors la dernière. Lorsque j'arrive pour prendre mes bagages, ceux-ci sont sur le tapis depuis un petit moment. Pas de signe de Martin.
Je récupère ma valise et me dirige lentement vers les taxis. Il y en a un qui arrive, le chauffeur prend ma valise, je la lui cède avec réticence.

- Bon, faut vous décider ma petite dame ! Vous montez ou pas? s'exclame le chauffeur qui est déjà à son volant.

Je m'apprête à monter, mais avant, je jette un regard sur ma gauche.

Et cette fois, je réponds à son signe de main.

Vacances d'enfer !

Changement de méthode

David Gaston

Nous voilà enfin arrivés à Essaouira. Le trajet a été long, mais ça en valait la peine. Le soleil inonde la ville aux murs d'une blancheur aveuglante. Le balcon de la chambre donne sur la mer. La vue est magnifique. Des ruelles animées en contrebas à l'immensité de l'océan azur en levant la tête, les yeux se posent sur des couleurs éclatantes et du mouvement incessant. Pas de pause lasse dans cette beauté mouvante. Le dépaysement est absolu. J'en oublierais presque les désagréments du voyage, les problèmes de valise, et la mauvaise tête de mes enfants. A croire que j'étais la seule à vouloir partir en vacances. Estelle et Tom ont boudé tout le trajet. Ils auraient préféré rester à la maison pour voir leurs amis. Ingrats ! Nous avons quand même économisé pendant plusieurs années pour pouvoir payer ce voyage. François, mon mari, fait preuve depuis le début d'une résistance inconsciente faite de passivité et d'actes manqués. A l'aéroport, il avait laissé son canif dans son sac à dos ! Comment peut-on être assez abruti pour faire ça ? Qui ne connaît pas les consignes de sécurité des aéroports ? De toute façon, elles sont écrites partout. Mais lui, avec son air de ne rien comprendre, il a quand même laissé un canif dans son sac. Un canif. Même un coupe-ongles ne peut pas passer le portique. On pourrait croire qu'il l'a fait exprès. A cause de ça, nous avons failli rater notre avion. De justesse.

Calme-toi Véronique. Calme-toi. Ça fait dix mois que tu prépares ce voyage, ils ne vont pas le gâcher. Un coup d'œil par la baie vitrée suffit à me détendre. Ce ciel bleu, j'en rêve depuis si longtemps. En défaisant les valises, je fais mine de ne pas remarquer qu'une fois encore je suis seule à gérer. François est parti faire une sieste. Il est fatigué… Il vient de dormir pendant tout le trajet

45

en avion, mais il est fatigué. Les enfants se sont vautrés dans le canapé, leurs écouteurs dans les oreilles. Je pourrais leur demander de m'aider, mais je préfère éviter une nouvelle dispute. Tant pis. Je vais défaire les valises seule. Ça n'en sera que mieux rangé.

Je sais bien qu'ils me reprochent tous ma rigidité, ma raideur, ma façon de tout anticiper, d'organiser la vie dans ses moindres détails. Mais ils ne réalisent pas à quel point ils seraient perdus si j'arrêtais. C'est moi qui ai tout préparé, tout planifié, avec une parfaite méthode. J'ai géré le budget, les réservations, les trajets, les valises, les visites à faire, le programme des vacances, jusqu'à l'organisation du retour à la maison, avec les machines à faire, le repassage, le ménage... Oui, c'est carré. C'est sûr. Mais j'aimerais bien voir ce qui se passerait sans moi. Sûrement pas grand-chose. Et surtout pas des vacances au Maroc. Ils me font bien rire avec leur nonchalance. Et en plus, ils me trouvent chiante, exigeante, difficile, pénible, dure... et tant d'autres mots qu'ils m'ont déjà balancés à la figure. A croire que je suis une mauvaise mère. Ils ne savent pas la chance qu'ils ont de m'avoir. Je vais leur montrer.

Ça fait à peine deux jours et j'en ai déjà marre. Ras-le-bol de tout faire. J'enchaîne les visites et les promenades seule. Quand je rentre, rien n'est fait. Ils sont pourtant restés à l'appartement presque toute la journée. C'est moi qui fais les courses, prépare les repas, range et nettoie. Même pas un mot, voire un petit clignement de cils, pour me remercier. Calme-toi. Respire. Là, doucement. Rappelle-toi. C'était la consigne pour passer de bonnes vacances. Nous nous étions mis d'accord : chacun fait ce qu'il veut pendant le séjour. Comme ça, les vacances seront profitables à tout le monde. Chacun à sa manière. Le vers était déjà dans le fruit, comme un virus caché dans un fichier informatique d'apparence anodine. Et j'avais accepté. Je pensais quand même qu'ils seraient plus intéressés pour faire des sorties en famille, pour passer du bon temps ensemble. J'avais même amené quelques jeux de cartes. Au cas où... Mais j'avais vendu mon âme au démon de la paresse et du désordre. J'avais accepté leur contrat. Ils avaient trouvé une faille dans mon organisation, et ils en profitaient. Je ne pouvais rien dire. Quelle déception. J'avais tellement envie de ces vacances en famille. Nous en étions bien loin.

Je rentre d'une longue ballade dans le souk au pied des murailles centenaires pour retrouver mon fils de neuf ans à la même place qu'avant mon départ. Sur le canapé, écouteurs dans les oreilles, console portable entre les mains. J'ai l'impression que le coussin du canapé se creuse irrémédiablement sous ses fesses au fil des heures. Je brûle d'envie de lui supprimer son jeu électronique, mais c'est le contrat, chacun passe son temps comme il le souhaite. Il a le droit de rester végéter toute la journée. Tout le séjour même, s'il le souhaite.

Mon mari aussi applique cette décision à la lettre. D'ailleurs, je ne le cherche pas. Je sais qu'il est dans la chambre. Dès le premier jour, François a réalisé, avec un plaisir loin d'être dissimulé, qu'il y avait une télé dans notre chambre. Mieux. Il y a Eurosport sur la télé dans la chambre. Du coup, il passe son temps – je rappelle que nous sommes à Essaouira... – à regarder les Mondiaux d'athlétisme et du snooker. Hier soir, pendant que je lisais le Guide du Routard, il se passionnait pour du curling... Si j'ai un jour espéré passer une semaine de vacances enfermée dans une chambre avec mon mari, je m'en repens. Pendant que mes deux gars fixent leur écran chacun de leur côté, je me demande ce que fait Estelle.

Du haut de ses dix-sept ans, ma fille regarde le monde autour d'elle avec dédain. Elle ne s'intéresse à rien, si ce n'est à la vie sentimentale de ses copines. Une clause ajoutée à notre contrat oral de vacances à l'étranger stipule que c'est la dernière fois qu'elle part avec nous. Elle a grandi, et même si elle réagit encore souvent comme une petite fille capricieuse, il faut accepter son âge. La prochaine fois, elle organisera des vacances avec ses amies. Il faudra la laisser partir et lui faire confiance. Tout un programme...

47

Je suis curieuse de savoir dans quelle activité elle traîne son ennui. Elle n'aime pas lire, aller à la plage, regarder la télé, se promener… Tout ce qu'elle sait faire, et elle le fait bien, c'est passer du temps au téléphone ou sur internet. Mais ici, rien de tout cela n'est disponible. C'était d'ailleurs une déchirure pour elle d'éteindre son portable avant le départ. Je me garderai bien de lui dire que j'ai vu un cyber café à trois ruelles de notre immeuble. Tiens, elle est sur le balcon, en train de profiter du paysage. Ca change de ne pas l'entendre passer à côté de moi en traînant des pieds et en soufflant qu'elle s'ennuie. Prise d'un élan d'instinct maternel retrouvé, je la rejoins sur le balcon pour observer avec elle l'agitation des ruelles étroites au pied de l'immeuble.

Raté. A peine ai-je passé la baie vitrée qu'elle rentre nerveusement dans l'appartement. Elle aurait au moins pu faire semblant de ne pas m'éviter. Je me retrouve seule avec mon désarroi, face à la désorganisation totale de mes vacances en famille. Estelle ne m'aime pas. C'est de son âge. Mais il y a autre chose. Je comprends enfin en entendant les ricanements provenant du balcon d'à côté. Les voisins. J'aperçois au travers du verre teinté de la séparation un groupe de quatre jeunes hommes d'une vingtaine d'années autour d'une table jonchée de bouteilles d'alcool et autres détritus. Ils rigolent bêtement et se parlent à voix basse. L'un d'eux me salue – b'jour m'dame – et les autres se mettent à rire de plus belle. Des Français. Il ne manquait plus que ça, moi qui rêvais de m'isoler avec ma famille. Un coup de vent tournant me fait appréhender la situation un peu mieux. Je reconnais cette odeur ronde et suave. Et voilà. Le pompon. Des voisins français, jeunes, et fumeurs de haschisch. Voilà ce qui avait attiré ma fille sur le balcon. Des alarmes sonores et clignotantes s'allument dans mon esprit. Les vacances sont en train de virer au cauchemar.

J'avais pourtant planifié des vacances parfaites. J'avais obtenu des billets d'avion pour cet endroit paradisiaque à un prix défiant toute concurrence. Nous aurions pu alterner les moments de détente sur la plage de sable blanc et les visites culturelles. Les vestiges de la forteresse sur le port, avec ses bastions crénelés, les promenades le long des épaisses murailles de la kasbah, quelques achats originaux dans le souk animé... Tom aurait pu trouver son plaisir en dégustant une glace au goût exotique, Estelle aurait été autorisée à se faire tatouer au henné, ils auraient pu faire ensemble de la planche à voile ou de la plongée, pendant que François et moi serions rentrés main dans la main à l'appartement pour faire l'amour. Nous nous serions tous rejoints pour passer la soirée dans un bon restaurant de fruits de mer, avant de rentrer faire une partie de cartes tous les quatre sur le balcon, au sein d'une douce nuit chaude. Mon programme de dix jours de rêve anéanti en quarante-huit heures.

J'étais tenue par notre pacte. Je ne pouvais pas les forcer à me suivre. Tant pis pour mon organisation, il fallait changer les plans. Il fallait que je leur donne envie, sans insister, doucement. A moi de les convaincre. Allez, ne baisse pas les bras, tu peux le faire. Utilise tes ressources, ne te laisse pas abattre. Ma méthode a toujours fait ses preuves. Ce n'est pas un échec passager qui va m'arrêter. Il suffit de trouver une organisation différente, en fonction des nouveaux éléments, une méthode encore meilleure.

Je ne sais plus quel auteur a dit : les mères de famille sont les seuls travailleurs qui n'ont jamais de vacances. Malgré son goût suranné, je comprends bien cette phrase. Face à l'échec de ce que j'avais planifié, je m'agite, je cours, je vais et je viens, sans arrêt, pour essayer de satisfaire tout le monde. François regrette de ne pas pouvoir boire de bière par cette chaleur, je m'empresse de faire le tour des alimentations du quartier pour en dénicher. Je malmène mon esprit pour l'empêcher de considérer négativement le fait de vouloir à ce point boire de l'alcool quand on est en vacances au Maroc. Je me donne du mal pour le satisfaire et, quand je lui tends enfin une bouteille, il regrette qu'elle ne soit pas suffisamment fraîche avant de me remercier timidement.

Ma fille s'ennuie terriblement et passe son temps sur le balcon à minauder. Je lui offre finalement deux heures au cybercafé, mais elle se plaint en rentrant d'avoir à peine eu le temps de supprimer ses spams. Et puis de toute façon, ses copines étaient à la piscine toute la journée. Je prends alors sur moi de lui proposer d'inviter les voisins pour le goûter, et… je préfère oublier ce qu'elle m'a répondu, et surtout le regard dédaigneux qui accompagnait son refus.

Lorsque j'essaie d'appâter Tom avec de délicieuses pâtisseries, il daigne se déplacer à table pour les manger, mais il garde ostentatoirement ses écouteurs sur les oreilles, avale deux ou trois cornes de gazelle à la va-vite, et repart s'affaler dans le canapé qui gardait encore enregistrée la forme de son petit corps vautré. Je me retrouve seule à table avec des pâtisseries qui ne trouvent pas leur place dans mon régime habituel. Nul besoin de dire que je suis aussi la seule à boire du thé à la menthe.

J'ai envie de pleurer. Mes tentatives de séduction ont laissé toute la famille de marbre, ou plutôt de glace, ce qui représente mieux l'impression qu'ils me font. Je me sens si seule et désemparée. Je n'ai pas réussi à resserrer les liens, à remodeler cette famille que je voulais unie et heureuse sous le soleil du Maroc. En plus, je me suis épuisée à la tâche, pour rien. Aucun résultat. Nada. On dirait une famille de zombies dépressifs. J'ai hâte de rentrer en France, et même de reprendre le boulot. Rien de tel que des vacances pourries pour apprécier son travail. Je m'imagine parfaitement derrière mon bureau, à taper des lettres, classer des documents, répondre au téléphone. Ce qui me paraissait rébarbatif il y a une semaine, me donne maintenant envie. Je connais ce train-train. J'en arrive même à me dire que je l'aime. Quel dommage.

Assise sur le bord du lit, je sens les larmes me monter aux yeux. Je ne peux pas supporter un tel gâchis. Je n'ai pas l'habitude d'échouer, alors rater mes vacances, quel comble. Derrière mon dos, je sens François qui s'approche de moi. « Tiens, si tu veux zapper pendant la pub, je vais pisser. » Il me tend la télécommande. Trop d'émotions douloureuses se bousculent en moi pour que je puisse lui répondre. Il me fixe un instant, immobile. A-t-il vu mes yeux embués ? Il pose finalement la télécommande à côté de moi et quitte la pièce nonchalamment.

C'en est trop. Je ne peux pas me laisser abattre. Je n'ai pas l'habitude d'être vaincue, et cela n'arrivera pas ici. J'ai dépensé mon énergie inutilement, je me suis trompée de cible et de méthode. Je les connais. Cela ne pouvait pas marcher. Il va falloir sortir l'artillerie lourde, utiliser tous les moyens, même les moins avouables. J'ai bien quelques idées. Il suffit juste de ne pas avoir peur des conséquences. Il reste encore la moitié des vacances, et je sais que je vais réussir. Plus que jamais, je suis déterminée à passer des vacances agréables en famille. Et c'est ce qui va se passer.

Six jours plus tard, il est temps de rentrer. Je pose la serpillère un instant pour observer mes enfants qui font docilement les valises, aidés de François. Un sourire permanent est accroché sur leurs lèvres. Tout s'est très bien passé. Nous avons finalement fait la plupart des sorties que j'avais prévues. En famille. Et avec le sourire s'il vous plaît. Tout le monde s'est amusé. Nous avons rattrapé le temps perdu. Tom a mangé sa glace aux figues de Barbarie. Il l'a trouvée « délicieuse, succulente, exceptionnelle ». Je ne savais même pas qu'il connaissait tous ces mots. Estelle a ri aux éclats en entendant son petit frère faire tout un discours sur le goût de sa glace. Il passait un bon moment, il profitait. Il ne regrettait pas que sa console soit tombée en panne au bout de trois jours à peine. La télé de la chambre avait aussi lâché au même moment. Une aubaine. « Le système électrique n'est pas fiable ici, il y a beaucoup de hausses de tension, c'est pas bon pour les appareils ça », m'avait dit le gardien de l'immeuble. Par contre, c'était plutôt bon pour la vie de famille, pour les vacances telles que je les avais prévues. Tom et François ont bien râlé quelques heures, et puis ils ont finalement accepté de m'accompagner. Estelle aussi est venue avec nous. Les voisins ne se montrant plus du tout sur le balcon, elle avait perdu tout intérêt à rester dans l'appartement.

Et puis nous nous sommes amusés, tout simplement. Une grande complicité s'est reformée entre nous quatre, nos liens se sont resserrés. Nous avons passé des journées exceptionnelles. Plus de console, plus de télé, plus de voisins. Juste une famille heureuse de passer du temps ensemble dans une si belle ville. Estelle ne tarissait pas d'éloges sur l'architecture de la kasbah, ses murs blanchis, son agitation, ses odeurs... Sa curiosité nouvelle était insatiable. Elle voulait tout savoir, tout comprendre. Elle m'a même emprunté mon Guide du Routard pour en apprendre plus que je ne pouvais lui en dire. Elle était émerveillée d'être ici, avec nous. Et moi je profitais de ces moments en essayant de ne pas penser qu'ils allaient avoir une fin.

Un sentiment de liberté totale nous entraînait tous les jours vers de nouvelles activités. Les choix de chacun étaient appréciés et partagés par tous, dans la joie et la bonne humeur. La seule contrainte que j'imposais au groupe était de partager tous les repas à la maison, petit déjeuner, déjeuner, et souper. C'était la seule règle, et cette exigence n'avait semblé gêner personne. Au contraire, les repas se passaient toujours dans une ambiance de franche rigolade. François n'arrêtait pas de faire des blagues ou des jeux de mots pourris, mais qui plaisaient tant aux enfants, et les faisaient rire de longues minutes sans pouvoir s'arrêter.

Un soir, après le repas, nous avons assisté à un concert de musique Gnaoua. Ce n'était pas prévu, mais là encore, nous avons passé un moment exceptionnel. Nous avons dansé au son des « crotales », sortes de castagnettes métalliques, et des « guembris », qui ressemblent à des guitares allongées, à trois cordes. Le rythme endiablé nous a pour ainsi dire tous mis en transe. Quand le concert s'est terminé, nous étions en nage, avec l'impression partagée d'avoir vécu une expérience rare, qui faisait du bien au corps aussi bien qu'à l'esprit.

Le lendemain, nous avons suivi Estelle au fond d'une rue calme, près de l'axe central de la médina. La petite boutique qu'elle avait repérée dans le Guide du Routard s'appelait « Au petit bonheur la chance ». Dans une atmosphère paisible aux parfums lourds d'encens, Abiba, la charmante hôtesse, nous a accueillis avec un thé à la menthe que nous avons dégusté pendant qu'elle réalisait un tatouage éphémère sur la cheville d'Estelle. Je la regardais tracer de belles arabesques à l'aide d'une seringue qui posait sur la peau de ma fille de fines lignes d'un noir intense. Tom aussi restait immobile, à fixer le travail de création. Je ne l'avais jamais vu si concentré. Il en avait les yeux rouges. D'ailleurs, nous avions tous les quatre les yeux légèrement rougis. Ce n'est qu'en sortant de la boutique que je pensais à demander à ma fille ce qu'elle s'était fait tatouer. Quand elle m'apprit qu'il s'agissait du mot « Essaouira » entouré de motifs décoratifs, je réalisai à quel point elle appréciait désormais nos vacances en famille. Je la serrai dans mes bras, comme je ne l'avais pas fait depuis bien longtemps. Elle ne m'a pas repoussée. Au contraire, je l'ai sentie resserrer son étreinte, comme pour partager avec moi toute la tendresse mère-fille que révélait ce câlin.

Le temps passait de façon étrange depuis quelques jours, comme s'il s'était ralenti. J'avais l'impression de flotter dans un nuage de bonheur. Mon mari et mes enfants m'accompagnaient dans cette douceur ouatée. Pourtant, le séjour touchait à sa fin. Ce constat n'était en aucun cas désagréable. Tant de bonheur partagé ne pouvait pas produire de sentiment douloureux, même en pensant à la fin. Chacun se laissait porter. Pour la dernière journée, les enfants s'accordèrent pour une activité aquatique. Par chance, il restait des places pour la plongée sous-marine. Les panneaux posés à même le sable de la grande plage promettaient la découverte d'une extraordinaire faune marine. Tom et Estelle étaient enchantés. Nous leur fîmes de grands signes des bras avant de les laisser partir avec leur moniteur. Puis je pris la main de François et le guidai vers l'appartement.

Là, nous avons fait l'amour comme jamais avant. François a pris le temps de me déshabiller lentement, comme s'il découvrait chaque parcelle de mon corps. Les gestes ralentis décuplaient l'excitation. Le plaisir montait pas à pas, progressivement. La délicatesse de ses caresses, la légèreté de ses gestes, l'indolence de ses mouvements faisaient naître en moi une chaleur inédite. J'avais l'impression de découvrir un nouvel homme. Nos corps comme nos esprits communièrent ainsi jusqu'à l'apogée du plaisir qui explosa en jouissance partagée, abandonnant nos corps tremblants serrés l'un contre l'autre.

Le dernier soir, après une partie de cartes acharnée sur le balcon, Tom avait proposé un vote. A l'unanimité, ces vacances pouvaient être déclarées « meilleures vacances de tous les temps ». C'était un grand plaisir qu'ils reconnaissent enfin mes qualités. J'étais une excellente mère, une très bonne organisatrice de vacances. Au début, ce n'était pas gagné, mais j'avais finalement réussi. Ah, qu'est-ce qu'il ne fallait pas faire pour passer de bonnes vacances en famille. Mais le résultat était là, à la fin de ces deux courtes semaines. Un constat partagé de réussite. La perfection.

En quittant l'immeuble, je m'approchai discrètement d'une poubelle pour y jeter le sachet quasiment vide. J'étais fière de moi. J'avais réussi à renverser la situation. Et la chance n'y était pas pour grand-chose. Disons que je l'avais un peu provoquée ce matin du cinquième jour. Je m'étais levée de bonne heure, avant tout le monde, sans faire de bruit. Avec un couteau de cuisine, j'avais démonté la console de Tom pour faire une rayure à peine visible sur le circuit imprimé. Cela avait suffi. J'avais refermé le boîtier, ni vue ni connue, en moins de trois minutes c'était fait. J'avais répété la même opération avec la télé de la chambre. François dormait

juste à côté, mais je savais que je ne risquais rien avec les somnifè-
res que j'avais fait fondre dans son déca de la veille.

Quelques heures plus tard, quand ils constatèrent les pannes, je proposai d'en parler au gardien. Au lieu de cela, je m'éclipsai
pour aller sonner chez nos voisins. Le jeune homme qui m'ouvrit
semblait sauter du lit. Je le poussai d'autorité dans son appartement,
au milieu du salon, et lui ordonnai d'aller chercher les autres. Pendant qu'il s'exécutait, j'ouvris la bouteille de coca qui traînait sur la
table basse et y insérai trois laxatifs. Cela devrait suffire. Juste à
côté, un sachet de congélation était rempli d'herbe à fumer. Je le
montrai aux quatre garçons qui me regardaient avec un air ahuri.
« Si je vous revois, sur le balcon ou ailleurs, je vous dénonce à la
police. Et vous savez ce qu'ils font, les policiers d'ici, aux touristes ? » Ma menace ne s'appuyait sur aucune connaissance réelle des
méthodes policières au Maroc, mais elle suffit à leur clouer le bec.
Je tournai les talons et quittai leur appartement, les laissant au
milieu de leur salon, complètement hébétés. Je rentrai dans notre
appartement en inventant une excuse de surtension pour expliquer
les pannes.

J'avais ainsi réglé tout ce qui gâchait nos vacances. La
console, la télé, les voisins. Qu'est-ce qu'il ne faut pas faire pour
passer de bonnes vacances… Bien sûr, ils ont tous râlé au début,
mais ils ont finalement accepté mon programme et y ont trouvé
leur bonheur. Ils n'avaient plus d'autre choix, alors ils ont profité
des bons moments à passer ensemble. Peut-être que l'herbe prise
chez les voisins y a été pour quelque chose. J'en avais mis dans tous
les plats que j'avais préparés.

Vacances d'enfer !

Un amour de vacances corsé

Delphine Keppens

À reculons, comme si nous rembobinions le temps, le bateau – ce même bateau, traverse le bleu profond des flots. « À tes amours de vacances » me dit Tom en me tendant un verre à goutte. Pensant me soulager, j'avale cul sec la liqueur de myrte. Corsée.

- Aussi difficile à avaler que nos sales caractères. Mais on l'a quand même reprise dans nos valises, poursuit-il.

Je lui souris.

L'alcool me brûle la gorge comme le souvenir incandescent de nos terribles congés consume encore nos âmes, dont la lente distillation quotidienne est aussi âpre que l'éthanol ; ces âmes coriaces, qui s'accrochent par tous les temps aux moindres espoirs de bonheur ballotté au grès des tourments de la vie.

Vous savez ce que c'est qu'une année de merde ? Ce genre d'écoulement lent de jours poisseux, où vous avez en permanence pris les mauvaises décisions : cette année pas de vacances et pour cause – on refait la cuisine, engorgement d'activités *multitask* pour les trois pré-ados, promotion aux horaires interminables, et le pompon – avoir dit « oui » au gros toutou poilu toujours mouillé que votre mari rêve d'avoir depuis qu'il est môme mais dont il ne peut s'occuper parce que *lui*, il doit travailler puisque c'est *lui* qui rapporte le plus gros salaire.

Et vous savez ce que c'est que cinq années de merde ? C'est quand on croit que la première année est une passade et que sans crier gare elle a fait son nid en semant des brindilles urticantes qui s'entassent dans votre salon, votre frigo, votre voiture, et jusque dans votre lit où les rancœurs ont eu raison de la passion qui unissait vos corps et vos esprits à votre tendre moitié.

Il ne semble alors plus possible d'ouvrir la porte de votre maison sans apercevoir les chimères écorchées du bonheur déchu auquel vous croyiez tant, il y a dix ans... il y a cinq ans... il y a un an encore.

« Je te quitte. » J'avais tourné cette phrase dans ma tête au moins trois cent soixante cinq jours par an, depuis cinq ans. Mais, pour être tout à fait honnête, j'avais fait un choix : offrir deux parents sous le même toit à mes enfants. Et deux parents qui s'entendent évidemment. Alors, il y a plein d'autres mots que j'ai fait danser dans ma tête, sans qu'ils n'en trouvent jamais la porte de sortie. Et Tom ne s'est jamais rendu compte de rien. Et Tom a continué à semer des brindilles dans toute la maison, dans nos journées, dans nos vies.

Puis, miraculeusement, mon cher époux a apporté la solution. « Quittons notre maison, notre vie. Partons en vacances… un mois. » Un mois c'est long ! Ça fait cinq ans que nous n'avons plus partagé vingt-quatre heures ensemble, alors un mois, bonne ou mauvaise idée ? J'étais au bord du gouffre, alors j'ai accepté.

Bon, disons que ça commençait mal et que ça devait finir bien. Il nous restait quand même au moins cinquante années à venir, autant changer de cap. Rien de tel qu'un petit voyage initiatique pour réinitialiser les circuits rouillés de notre mariage.

Mais voilà, nous avions le goût, mais pas le sous. Alors, Bora-Bora en amoureux pendant que de *gentils organisateurs* dompteraient nos trois lionceaux en pleine poussée pubère resterait un rêve aussi glacé que le papier sur lequel nous ne pouvions que baver.

Heureusement que ma nouvelle collègue – Ginette Simoni-Vasquez (devenue aussi ma copine de pause-café depuis que nous avions ensemble le privilège d'avoir un bureau deux fois plus grand dans une pièce quatre fois plus petite), m'a proposé un plan d'enfer : la Corse, tous frais payés.

Elle avait cette photo de famille, souriante sur un fond de mer verte – magnifique, avec en arrière-plan des pics rocheux qui se découpaient dans l'azur du ciel.

Sans nuages.

Le rêve.

Tout était prévu, un grand voyage de tribu – Papa, Maman, sa sœur et elle ; tout le mois de juillet. Ou devrais-je dire, Papy, Mamy, leurs deux filles, les maris et les cinq petits-enfants. Seulement voilà, Muguette la sœur aînée, s'était retourné la jambe sur une piste de neige caillouteuse de fin de saison et son clan s'était défilé : pas de *Grande Randonnée* pour les cinq skieurs. « Une grande quoi ? » m'étais-je écriée : « c'est la traversée de la chaîne de montagne corse, c'est super », avais-je eu pour toute réponse de la part de ma collègue. Inenvisageable en juillet pour la pauvre hanche cassée de la sportive, qui serait toujours sous traction dans un hôpital toulousain.

« Muguette veut donner sa place à une autre famille. Vous êtes cinq, c'est parfait. » Puis, comme une commerciale qui veut fourguer sa camelote à quelqu'un qui en a désespérément besoin, elle me dit exactement ce que j'avais envie d'entendre : « Faut s'accrocher, mais c'est pas bien ardu le GR 20, on fait ça chaque année depuis cinq ans. » Moi aussi je m'accroche depuis 5 ans et je fais croire que c'est pas ardu... mais la famille c'est pas de la « rando » comme elle dit ; et les vacances sportives, c'est pas mon truc. Moi j'aime le « plouf-bouffe-ouf ! », c'est la version vacances du « métro-boulot-dodo ». Mais j'en parle le soir même à Tom et il saute sur l'occasion « en plus on pourra prendre le chien ! » Comme je l'ai déjà dit, j'aurais accepté n'importe quoi pour me sortir des murs faits du compost de notre passé en décomposition, alors... que la Corse emporte mon âme. Et je ne croyais pas si bien dire.

Après tout si les vieux de Ginette font l'ascension à leurs âges — soixante et un pour mamy et soixante-quatre pour papy, *ça ne peut pas être si terrible.* « Ils ne sont pas si vieux que ça ! » m'avait répondu ma collègue lorsque j'avais maladroitement laissé échapper cette réflexion à voix haute. Elle ne m'avait pas convaincue, à leurs âges, ils étaient plutôt dans les proportions inverses aux miennes : cinquante années de bonheur partagé et peut-être dix années de merde à venir s'ils avaient des problèmes de santé.

Mais voilà ce qui s'est passé.

Nous sommes arrivés avec un jour de retard sur le planning de la famille Simoni, car Tom devait terminer un travail *important* avant de partir. J'avais pour ma part pris congé le vendredi pour faire les bagages, emmener le chien chez le vétérinaire, ranger la maison, finaliser les derniers payements et autres rengaines administratives avant notre départ. Le dimanche à six heures, nous étions tous les cinq plus notre animal touffu, aussi bien rangés que des sardines dans notre boîte de conserve mobile. Je me demande encore comment nous sommes parvenus jusqu'à Nice – je n'avais pas eu le temps de faire réviser ce vieux tacot pourri.

Le port Limpia et ses petits bateaux dont les mâts cliquettent au vent jusque dans ma chair de cocotte me mettent au diapason de la beauté du lieu. Je soupire « les vacances… enfin » et mes doigts de pied s'étalent en éventails au fond de mes escarpins trop serrés rien qu'à sentir le soleil percer leur cuir rouge. Je les libère aussitôt, mes petits pieds nus sur le sol tiède, que leur souhaiter de mieux ?

Le bateau c'est magique, avec mes trois petits loups de mer à mes côtés, riant aux éclats – pour une fois, depuis longtemps. Même Tom, avait un vague sourire, et il avait – pour une fois et depuis longtemps aussi, passé son bras autour de mes épaules. Juju, mon aînée, avait présenté son *iPhone* à un Espagnol qui passait par là pour immortaliser ce moment… *Clic* et nous étions dans la boîte.

Encore une fois, dans une boîte, me dis-je, et pour la première fois depuis longtemps, je m'y sentais bien, et j'ai senti un vent d'espoir courir sur ma joue : ces cinq années de dur labeur matrimonial valaient bien la peine de cet instant, pourvu qu'il dure… toujours.

Mais le toujours prit vite fin. Le téléphone de Tom retentit, il décrocha, s'éloigna, « le boulot » chantonnait une petite danseuse dans ma tête. Nola, notre petite dernière de neuf ans courut vers son père qui la repoussa avec sa force bourrue habituelle, et Nono tomba en le regardant – incrédule, attendant qu'il l'aide à se relever. Mais agacé et sans un regard pour sa fille, il claqua des doigts, pointa son index autoritaire sur moi puis sur notre petite, m'ordonnant de m'occuper d'elle.

Même sur le bateau, il sème ses brindilles.

Alors, j'ai relevé ma pucette, l'ai embrassée et nous avons regardé la mer tous les quatre un long moment. Ensuite, lorsque Tom est revenu, les enfants ont blagué et joué avec leur père, comme si de rien n'était – ma petite Nola heureuse comme une princesse, d'être enfin assise sur ses genoux me regardait en riant.

Si j'avais encore cette capacité qu'ont les enfants à pardonner…

Alors, je me suis retournée seule vers la mer, et j'ai fait semblant, semblant de rien, comme d'habitude, et Tom n'a rien vu, comme d'habitude.

Le bleu a envahi mon esprit. Complètement. Jusqu'à ce que se découpe un rivage rocheux flanqué d'une citadelle, posée comme une reine guettant notre arrivée les pieds dans l'eau.

Les petites rues entortillées de Calvi nous amenèrent aux portes d'un hôtel dont la façade blanche reflétait les flots lumineux de l'île de beauté. L'ombre floue d'un cadran solaire indiquait dix-sept heures.

Tom m'avait envoyée en reconnaissance à la réception : pas question qu'il se gare si ce n'était pas le bon endroit. J'ai traversé le hall rempli de randonneurs, qui se demandaient ce que je foutais là, avec mes fins talons, mes bijoux et ma robe légère. Arrivée à hauteur du comptoir, j'ai senti un regard plus pressant que les autres. Sur la terrasse, assis sous une grande toile blanche maculée de soleil, un homme aux iris clairs m'observait tranquillement. Un homme aussi charismatique que sa moustache grise, frissonnant d'un petit sourire et d'un œil pétillant. Il fit mine de reprendre la lecture de son journal, et je ne sais pas exactement ce qui s'est passé, mais nos yeux s'attiraient et se repoussaient à la fois – comme deux aimants que l'on tente de coller dans le mauvais sens.

Les clefs des deux chambres en main, je repartis vers la voiture. Tom n'était plus là. Il s'était finalement garé, et pestait de devoir m'attendre. Nous avons monté les bagages, et mon grognon de mari a pris une douche alors que mes trois jeunes téléphiles avaient trouvé de quoi faire leur bonheur dans leur nouvelle demeure. Quant à moi, j'ai prétexté devoir remplir quelques formulaires à la réception pour m'échapper un instant... Quelques minutes à moi.

Je suis arrivée dans le hall. Le car de randonneurs avait disparu. L'homme heureux aussi. Alors, je me suis avancée vers la plate-forme qui semblait se jeter dans la méditerranée, j'ai posé la main sur le coussin de ce fauteuil dans lequel ce personnage presque irréel qui m'examinait était assis. Rebroussant les petits poils cotonneux du doigt, je sentais la douceur du réconfort s'immiscer en moi comme une présence rassurante. Comme s'il me disait « tout ira bien », j'avais tant besoin d'une aura masculine pour me construire et soigner les blessures de celle qui me détruisait. L'opale dans laquelle baignaient ses pupilles bienveillantes, derrière le journal... *Je ne reverrai jamais cet inconnu.*

J'ai soupiré, me suis retournée, et... suis tombée nez à nez avec *lui*. « Vous cherchez quelque chose ? » *Mon Dieu si cet homme avait eu mon âge, j'aurais pu en tomber amoureuse. Heureusement, il a bien vingt ans de plus que moi.*

Nous avons parlé de choses inutiles comme le font les gens qui se croisent dans les lieux de vacances, puis le tourbillon de mots a virevolté et nous a emportés, sans fin, comme une musique de fond destinée uniquement à soutenir les images – les fossettes aux coins de ses lèvres, ses mimiques et une complicité simplement inexplicable. « Le GR-20... ce fameux casse-pieds... lui seul réunit si bien l'enfer et le paradis. Les obligations familiales... même en vacances... la mer : l'alternative...» ses mots, ses gestes, face à moi, encore et encore.

« Maman ? » Notre conversation disparut aussi vite qu'une bulle de savon qui aurait éclaté sous la voix fine comme une aiguille de mon fils de onze ans « Papa demande que tu te dépêches, nous sommes attendus pour dîner. Et Nola et Julie ne veulent pas sortir de la salle de bain ! »

Les marches qui menaient à la chambre me semblaient soudain si faciles à gravir. J'étais aussi légère et guillerette qu'un pétale aux quatre vents me chantonnant le doux murmure de la voix de cet inconnu. Je l'entendais encore et encore, tournoyer dans ma tête.

Pour la première fois ce soir, et même depuis longtemps, j'étais heureuse. Nous sommes descendus dans la grande salle où nous attendait Ginette et sa famille pour le dîner. Deux *très beaux enfants* – de l'âge des miens, les garçons parlent déjà jeux vidéo. Un mari très avenant, qui tire ma chaise pour que je m'attable ; une mère très sportive, pourvue de chaussures de marche impeccables qu'elle garde en toutes circonstances et demande sur un ton militaire à sa fille « Mais où est encore passé ton père ? »

« Me voici » fit une voix qui m'était familière pour avoir éclairé la fin de ma journée quelque temps auparavant. « Fanny, je te présente mon père, Andria » me dit fièrement ma collègue. *Effectivement, il n'est pas si vieux que ça. Rien ne laisse croire qu'il a tout de même le double de mon âge : 32 ans de plus que moi.* Je suis restée la bouche ouverte sans que, heureusement cette fois, mot n'en sorte.

J'ai fait de mon mieux pour paraître fade, neutre, naturelle, mais je ne sais pas pourquoi, à l'intérieur de moi, tout se réjouissait, quelles belles vacances ! Je ne sais pas non plus pourquoi – la beauté des coïncidences sans doute, il s'est assis en face de moi et nous avons à nouveau discuté. Toute la soirée. Pendant que les autres vantaient leurs mérites au boulot et leurs exploits sportifs, il y avait chez mon interlocuteur préféré une tranquillité, un refus de la compétition, comme si le fait d'aimer passionnément le monde lui suffisait, sans avoir besoin de le crier haut et fort.

Lundi matin, Stella, la mère autoritaire de ma copine avait tranché : avec nos jolies petites baskets, nos boîtes de conserve et les *PlayStation* des enfants, nous étions équipés comme des nains de jardin alors que nous nous apprêtions à traverser de la haute montagne. Or, la partie nord – celle par laquelle nous commencions était la plus raide. « J'espère que vous êtes entraînés ? » sermonna-t-elle. Ce à quoi Ginette avait *taco taqué* : « mais bien sûr maman, ils sont très sportifs, Fanny fait du *step* tous les vendredis. » Sur ce, la gendarmette maternelle nous avait tous emmenés faire les boutiques de sports à Calvi. Tente, *k-way*, nourriture lyophilisée, réchaud, couteau suisse, *compeed*, chaussettes double couche, gourdes. Et même des foutues chaussures de randonnées qui allaient enfermer à nouveau mes petits petons. Ça nous a coûté un os, mais à la fin de la journée, nous étions mieux équipés que les croisés et je me sentais prête à affronter la nature.

À ce qu'il paraît, le mental chez les sportifs, c'est cinquante pour cent de leurs performances. Heureusement, parce que les cinquante pour cent de muscles étaient réduits à zéro.

Le lundi soir, nous dormions à Calenzana, village de départ du GR20. Ces petites maisons parsemant le pied des montagnes aux toits enneigés, ça me donnait presque envie d'être poète. Quel paradis !

Le mardi, à six heures du mat', nous enfourchions nos jambettes pour la première ascension. Tom était chaud, Tom était prêt, il marchait en tête de peloton aux côtés du super équipé Carlos Vasqez – le mari de Ginette. Nic-Nac, notre bobtail suivait gaiement son maître qui avait remis mamy à sa place lorsqu'elle avait voulu lui interdire de prendre son *chien de berger ancestral* en montagne : « les passages difficiles n'ont pas de secret pour lui, c'est dans ses gènes » avait rétorqué mon époux. Une dizaine de mètres plus bas, Stella et Andria marchaient calmement. Derrière, Ginette et moi avions trouvé un des sujets de prédilection des mères trentenaires, le *quotidien éducatif.* Nous cheminions en piaillant tout en tentant de garder nos tendres moutons groupés. À une différence près : au bout d'une heure, j'ai réalisé que j'entendais comme un bruit de locomotive à vapeur à chaque mot que je prononçais, et que je n'entendais plus que le son de ma voix. Ginette, elle, s'économisait. Moi, je n'avais même pas pensé à m'arrêter de parler. J'étais épuisée.

Julie, Nola et Gatien, qui avaient zigzagué entre chaque fleur, insecte, lézard, caillou, pour cueillir toutes les joies de la montagne, se pendaient maintenant à mon bras alors que les deux exemples de ma collègue gravissaient avec légèreté la pente qui me semblait être au moins à soixante-dix degrés.

« Désolée Fanny, je dois rester avec Jean et Luce, question de sécurité » – « Bien sûr, on se retrouve à Arghjova pour le piquenique » - « Non, ce sera à Bocca u Saltu, juste après. »

Juste après ? Seuls tous les quatre, j'ai motivé ma troupe comme je le pouvais : « avec mon sens de l'orientation, si nous ne les voyons plus, nous sommes perdus. » Mes trois petits marcheurs avançaient par peur, et Nola était prête à pleurer. Le paysage était magnifique, mais il commençait à nous faire mal. J'avais les nougats qui coulaient dans les bottines. En relevant la tête, j'ai aperçu un tout petit Tom – avec son sac qui contenait notre repas, qui me faisait de grands signes du haut de sa colline, m'exhortant à avancer plus vite. Mais de loin, il me faisait peu d'effet. Un petit encourage-ment aurait mieux valu qu'un grand blâme.

« J'ai pas assez dormi », « j'ai faim et j'ai soif», « j'ai trop chaud, je ne peux plus marcher » – « ma poule n'a plus que vingt-cinq poulets, mais elle en avait trente, et allongeons la jambe, et al-longeons la jambe la jambe car la route est longue » tentais-je pour couvrir les plaintes de mes plus-promeneurs-que-randonneurs. Puis, une voix, comme celle d'un ange gardien, vint à notre se-cours : « une pause s'impose ! »

Andria. Il était revenu pour nous. Il sortit de sa poche des chocolats et des bonbons qu'il avait certainement pris en cachette de mère-grand, et nous avions tous retrouvé le sourire. « Nous rejoindrons ces coureurs des montagnes au refuge ce soir, qu'ils accomplissent leur exploit. » Il avait aussi emporté le casse-croute, nous étions sauvés.

Nous avons pris le temps de regarder les vaches courir dans l'herbe tendre alors que nous y étions affalés. Ensuite, il mouilla nos casquettes et foulards, et nous parla du *pas du montagnard*, rudi-ment essentiel, rien à voir avec ceux que nous essayions en vain de suivre. « Chacun son rythme » disait-il en prenant la main de Nola et il nous conta des légendes corses, comme celle du diable qui fit un trou dans la montagne en y lançant de rage son marteau, ensuite des histoires de bergers qui dormaient à la belle étoile et enfin la fabrication des fromages. Il racontait tant et si bien que nous n'avons même pas remarqué que nous arrivions enfin au rendez-vous fixé pour le repas. Les autres étaient déjà partis.

Nous avons mangé comme des ogres. Nous avons même fait une petite sieste. Après une bonne heure, nous avons repris la route, cap sur le refuge. La fin de cette seconde partie fut moins facile, nous sommes arrivés sur une barre rocheuse et nous nous sommes rendu compte de nos limites et de la dangerosité de la montagne. Gatien qui avait refusé de porter les chaussettes de mamy avait mal aux pieds et nous étions tous crevés. Heureuse-ment, Andria avait encore des bonbons dans sa poche sans fond et de l'imagination à revendre pour nous motiver à avancer. Le soir tombait lorsque nous sommes parvenus au refuge d'Ortu di u Piobbu.

Du haut de la terrasse de bois, des applaudissements, des rires et des cris nous accueillirent : « qu'est-ce qui vous est arrivé, vous êtes tombés dans un trou ? On est ici depuis quatre heures » Seule Stella tirait la tête, « je vous avais prévenus qu'ils ne pourraient pas suivre. »

« Ne les écoutez pas », avait dit Andria « et venez avec moi, je connais le patron, vous avez besoin d'une bonne soupe bien chaude. » Effectivement, elle était délicieusement salvatrice, avec une épaule d'agneau, des céleris, des navets, des carottes, et un Fiadone au citron en dessert. À vingt et une heure, extinction des feux– je ne me souviens même pas m'être endormie.

Mercredi à 5 heures 30, Tom me pressa, tout le monde avait pris sa douche, c'était notre tour, nous partions dans une demi-heure. Il ajouta « Aujourd'hui, c'est toi qui prends le chien, il me ralentit : il ne passe pas les barres rocheuses. » Sur ce, il descendit prendre son petit déjeuner.

Je voulais me redresser, mais j'avais l'impression d'être une vieille ferraille rouillée. *Les courbatures…* Je me disais qu'une douche bien chaude me détendrait. J'ai vite compris qu'ici, ça n'existait pas, seule l'eau glacée des montagnes jaillissait des tuyaux. C'était la douche la plus courte de ma vie, et sans savon : trop lourd pour le sac. Les enfants peinaient à s'éveiller, j'ai zappé leur douche, mais les pleurs commençaient. Julie avait les jambes mouchetées de piqûres qu'elle grattait en s'arrachant la peau. En retournant les draps, j'ai découvert qu'un régiment de fourmis rouges avaient fait un festin de ma fille pendant la nuit. Gatien avait des ampoules remplies de sang sur les deux petits orteils et Nola ne voulait plus marcher.

Le petit déjeuner était salutaire, mais Stella s'improvisa dans le rôle d'infirmière acariâtre. Elle enduit Julie d'une pommade à l'odeur intolérable pour une *adonaissante* en recherche de sa beauté et elle voulut percer les ampoules de mon fils avec une aiguille et du fil à coudre. Autant dire qu'elle se prit un coup de griffe de ce dernier qui ne la laissa plus s'approcher de lui de toute la journée.

68

Au moment de partir, Juju découvrit que les fourmis avaient également élu domicile dans son sac à dos. Pas question de continuer comme ça. Gatien en profita pour soutenir sa sœur, il ne pourrait pas marcher avec l'impression d'avoir des cailloux dans les chaussures. Tom, qui avait aussi des ampoules et s'était étonnamment laissé charcuter par mamy, le prit par le bras en disant « t'es une gonzesse ou quoi ? Avance. » Et nous sommes partis… d'un très mauvais pied pour notre deuxième étape.

Avec Tom, nous avions donc fait un échange standard Gatien/Nic-Nac, pour notre plus grand mécontentement à mon fils et à moi. Andria était resté avec les *gonzesses* et le chien, et je percevais dans son regard l'ombre du souci qu'il se faisait pour nous.
« On vous souhaite bien du courage », nous dit une bande de randonneurs qui croisa à contre sens notre chemin. Sur la carte, la dénivelée était impressionnante. Dans la réalité aussi. Nous sommes tombés sur une dalle rocheuse qui nous cassa les pattes, semblait dire Nic-Nac. *Le chien en laisse… Le sac à dos… Les deux filles… Le flanc de la montagne…* pourvu qu'elles ne glissent pas. Je ne sais pas si c'est la présence rassurante d'Andria, mais nous sommes arrivés juste à temps avant que les autres ne repartent de leur pose déjeuner à la Bocca di Pisciaghja.

Heureux d'arriver près de son maître, mon gros pataud se propulsa de tout son poids, me projetant avec lui. Mes pieds s'emmêlèrent parmi les pierres et les trous, mais le droit resta captif alors que mon corps continuait sa route. Je suis tombée et j'ai senti un craquement en même temps que ma malléole tombait à côté de mon pied. J'ai lâché l'élément perturbateur en furie pour me prendre le visage et la cheville dans les mains en soufflant de douleur, un peu comme pendant mes accouchements. Andria et les filles sont arrivés les premiers. Les autres nous ont rejoints – pour une fois.

« On ne court jamais dans la montagne ! » m'accabla Stella. « Je pense qu'elle ne pourra pas continuer » raisonna Andria. « Bien sûr que si. Nous sommes venus en vacances ensemble, nous restons ensemble » coupa Tom. « Hé bien redescendez avec votre famille et profitez de la mer » reprit le père de famille au regard

69

doux. « Non. Nous sommes venus pour traverser la Corse, nous irons jusqu'au bout » dit Tom en me relevant et me forçant à faire quelques pas alors que je peinais à poser le pied par terre. Mais lorsqu'il voulut que les enfants le suivent, ils se plaignirent à leur tour. Julie avait les jambes gonflées et couvertes de plaques : elle faisait une allergie à la crème anti-fourmi de grand-mère. Les ampoules de Gatien s'étaient ouvertes en marchant et sa peau à vif se répandait directement par sa bouche dans de longs gémissements aigus. Nola n'en pouvait plus. Même le chien ne voulait plus avancer.

« Si vous voulez continuer, je descendrai avec votre famille, nous vous attendrons à Bonifacio, dans notre maison de vacance », dit Andria. Pour une fois Stella était d'accord, c'était même impensable d'avoir osé nous emmener ici, et tous voulaient aller au bout de leur aventure.

C'est ainsi que nous avions fait le chemin à rebrousse-GR. Mes trois galopins, mon chien et moi sentant l'écurie, nous avancions beaucoup mieux. Nous avons passé deux nuits au refuge d'Ortu di u Piobbu, avons mangé à nouveau cette soupe délicieuse, et avons même profité du groupe électrogène des patrons pour l'eau chaude plus la télévision. Ils nous ont pansés, soignés, bichonnés et nous avons eu droit à une chambre spéciale, hors de portée des insectes urticants.

Après deux jours de repos, nous avons repris notre périple pour Calenzana. Puis Calvi et en quelque temps nous étions à l'autre bout de l'île : Bonifacio, la Dame blanche au milieu de la mer. Andria nous a ouvert les portes de sa maison. Un sanctuaire perché sur la falaise comme un navire surplombant la houle Tyrrhénienne. Je n'oublierai pas nos matins à lire au bord des criques, nos après-midis de siestes, nos sorties en bateau au coucher du soleil et nos repas qui s'étiraient des heures durant dans une onctueuse chaleur épicée. Le *farniente* et rien de plus. Les cabotages égrainant des îles au sable fin, les eaux bleu turquoise, la pêche, les poissons grillés sur un feu improvisé. Les enfants heureux. Même le chien était léger. Et une espèce de bonheur de plus en plus envahissant, de plus en plus insouciant, une vague incontenable nous a submergés – Andria et moi, jusqu'à ce qu'un soir au milieu de l'origan, des langoustes, des aubergines, de la tome corse, et de la farine de châtaigne nos mains se frôlent et nos corps s'enlacent. Plus rien n'avait d'importance – les années, nos vies si différentes qu'elles semblaient ne jamais pouvoir se toucher. Les interdits. Nous étions seuls dans ce tendre éden et nos âmes se sont fondues l'une à l'autre avant même que nous pensions à les retenir. Et ma seule conviction : l'amour, quel bonheur !

Nous avons mis autant de jours que le Bon Dieu pour créer notre firmament de tendresse. En sept jours, il nous semblait que plus rien ne pouvait nous séparer. Nous flottions entre ciel et mer dans un monde nouveau, où tout était possible, même être ensemble.

Au bout de la semaine, les autres sont arrivés. Ils avaient décidé de faire une pause marine d'une semaine et demie entre la partie nord et la partie sud du GR.

Après une journée de repos, Carlos emmena Tom tous les matins au Golf de Sperone. Ensuite ils passaient leurs après-midis à faire de la plongée. Autant dire que mon mari n'a pas décelé une goutte de changement chez moi. Stella courait tous les matins, pendant qu'Andria lisait le journal. Ensuite c'était plage toute la journée pour les femmes et les enfants. Je les accompagnais une partie du temps, mais prétextais un mal de cheville pour garder un moment de sieste l'après-midi. Andria, quant à lui, prétextait la pêche et restait auprès de moi. Nous avions déclaré que nous préparions le repas tous les soirs pour que les grands sportifs se reposent, ce qui nous accordait de longues échappées seuls dans la cuisine. Nous chérissions chaque instant où nous nous retrouvions.

Notre amour nous emportait au large, bien plus loin que nous ne le pensions, et il ne nous semblait plus possible de rejoindre le rivage de notre passé conjugal. Aussi, nous nous étions préparés à annoncer notre union à nos familles. Mais ils furent plus rapides que nous.

Baignant dans les eaux bienfaitrices de notre idylle, nous ne remarquions même plus que nos gestes débordaient de toute part. Les échanges de regards à table, les temps trop longs passés en cuisine, nos sourires, nos absences – toujours ensemble. Puis un soir,

alors que nous préparions des merles aux olives, nos doigts emmê-
lés dans les tripes des volatiles encore chauds – Andria me chucho-
tait ces mots doux que j'aimais tant à l'oreille, puis à la bouche jusqu'à goûter mes lèvres, quand soudain la porte claqua. Carlos la
maintenait contre le mur, furieux et jubilant à la fois, il s'écria :

- Chérie, c'est normal que ta copine embrasse ton père dans
la cuisine ?

Raz-de-marée dans le salon : cris, larmes et coups de poing
sur la table. La mère était déchaînée : « cette trainée veut nous voler
ton père ! » lança-t-elle à Ginette. Et mon mari de compléter
« votre vieux vicelard de mari veut baiser ma femme. Fanny,
reviens ici tout de suite. » Nous avons comparu tous deux, têtes
baissées, dans le salon et avoué – naïfs, notre aveuglement : « nous
sommes amoureux. »

Tom me dévisagea, ébahi :

- Vous avez fumé les épices ou quoi ? Tu vois bien c'est
contre nature ! La preuve : vous ne pourriez jamais vous reproduire.

Puis, devant notre silence, il se liquéfia sur place :

- Ne me dites pas que vous avez déjà essayé ?

Il en vint alors à la conclusion : « tu veux nous abandonner. »
Nola pleura « je ne veux pas que maman nous abandonne. » Julie
ne me regardait plus et Gatien s'écria à mon égard « je ne veux plus
jamais te voir ! »

Un seau d'eau froide sur des chiens collés. Je me sentais nue,
seule et honteuse, et me suis éveillée : l'amour, quel malheur ! J'a-
vais laissé le diable m'emporter et je l'avais aimé. J'y avais tellement
cru. Même si je me libérais de son étreinte, son souvenir hanterait
mon cœur. Mais je ne voulais pas échanger mes enfants contre les
tourbillons de la vie. Après tout, rien ne me disait que ce serait plus
facile, ce n'est peut-être qu'échanger un enfer contre un autre.

Ginette mit brutalement fin au cauchemar :

Elle s'avança vers nous, les yeux mordus à sang par les larmes et la bouche cousue. Elle me gifla, puis gifla son père. Ensuite, elle dit : « Demain à l'aube, nous partons tous ensemble pour traverser le sud de la Corse ! Vous avez sept jours pour régler ça. »

Les enfants et le chien restèrent avec Sonia, une amie de la famille Simoni qui gardait parfois la maison. À six heures du matin, nous étions déjà à Conca, point de départ de l'expédition. Les valises que j'avais sous les yeux étaient aussi lourdes que mon sac à dos : j'avais pleuré toute la nuit. Dans ma tête ne régnait plus que la confusion, j'avais encore une fois perdu ma route.

Le soleil se levait, il tranchait dans le ciel des barres rocheuses incisives et j'ai frissonné à l'idée de me faire broyer par les mâchoires de cette montagne et de ces putains de vacances. J'étais encerclée par les pierres et n'avais plus du tout envie d'être poète. Quel enfer ! Le premier jour, nous avons marché chacun de notre côté, sans échanger un mot. Je n'ai même pas osé me plaindre de ma cheville. Dur retour sur terre. Arrivés au refuge de Paliri, j'ai mangé en silence aux côtés de Tom, puis me suis effondrée de fatigue.

Le deuxième jour fut marqué par nos explosions, disputes et règlements de compte. Heureusement, nous n'avions aucun moyen de nous enfuir, ou nous nous serions quittés sous le flot de méchancetés que nous avons échangées. Cernés par la nature, nous étions obligés de rester ensemble. J'ai bien cru que Tom me jetterait à un moment ou un autre dans un précipice quelconque – il y en a de beaux par ici. Mais il n'en a rien fait, et la montagne a eu raison de nous : nous devions nous rendre à l'évidence, nous étions contraints de nous prêter main-forte pour marcher, manger, ne pas nous perdre et nous réconforter dans l'effort. Si bien qu'au troisième jour, ayant épuisé les sujets de nos rancœurs nous avons reparlé de nos souvenirs joyeux. Notre rencontre dans un hôtel… en vacances ; la naissance des enfants, nos projets jamais réalisés… encore. Petit à petit, j'ai remarqué que Tom avait changé, peut-être ne le regardais-je plus – moi non plus. Son regard était triste. *Est-il possible qu'il soit malheureux de me perdre ?* Nous échangions à nouveau de petites attentions, je partageais avec lui les chocolats que j'avais emportés en cachette, il me massait la cheville et portait une partie de mon sac.

Le quatrième jour, Tom passa l'entièreté du périple aux côtés d'Andria. Ils donnaient l'impression de discuter sereinement. Stella quant à elle, ne m'adressa pas la parole de toute la randonnée. Seule Ginette était parfois à mes côtés, mais jamais elle n'aborda le tumulte des jours passés. Au soir de cette journée, Tom me dit avant de se coucher : « je te laisse une chance de revenir vers notre famille. Demain, tu me diras ce que tu veux en faire. »

Le cinquième jour, Andria m'a éveillée avant les autres. Nous nous sommes assis sur l'estrade de bois face à la lueur naissant derrière le massif. Il m'a expliqué qu'il existait entre nos vies un mur aussi infranchissable que ces roches, et que nous ne pouvions pas vivre lui et moi du même côté de la montagne. Il embrassa mon front et me dit *adieu*. Ma place était auprès de mon mari et de mes enfants, lui serait certainement mort dans dix ans. « Je ne veux pas te faire souffrir, tu as mieux à faire ailleurs. » J'ai avalé un croissant, le cœur serré. Après le petit déjeuner, j'ai mis mes chaussures et dit à Tom que j'avais envie de marcher à nouveau avec lui. Étrangement, la famille Simoni n'était pas prête. L'accord avait été passé la veille entre Tom et Andria : les Corses resteraient au refuge une journée de plus pour nous laisser repartir, ensemble. *Ensemble...*

Au sixième jour, nous avons tenté de recommencer à zéro. Nous avons même ébauché de nouveaux plans : le *farniente* à la maison, juste nous deux, et nos trois jeunes fanfarons. Lorsque le soleil tomba, nous sommes arrivés à Vizzavona – terminus de notre voyage. Nous avons mangé dans un petit restaurant chaleureux. Avant de remonter dans notre chambre, nous avons regardé le ciel comme on regarde la mer et Tom m'a prise dans ses bras.

Le lendemain, nous avons pris le train pour Calvi. Sonia y avait conduit les enfants et notre bateau partait dans l'après-midi, vers notre maison, notre vie et j'espérais que le souffle de la tempête que j'avais invoquée, puisqu'elle ne l'avait pas détruite, l'avait purifiée.

Pensive sur le pont du ferry, je sentis soudain les effluves de cette plante, que les guérisseurs disent assainissante : le myrte, doublé du parfum aigre de l'alcool. *Est-ce que ça pique toujours quand on désinfecte ?* Ces vacances infernales pourront-elles donner naissance à une vie meilleure ?

Vacances d'enfer !

Des vacances inoubliables

Frédérique Lesprit

Anthony avait besoin de vacances et Marion, sa femme, n'en pouvait plus. Elle attendait ses vacances comme une prisonnière espérait sa libération.

Le couple lorgnait avec intensité le calendrier tous les matins ne jurant que par ce bol d'air prévu de longue date. Ils avaient pu prendre leurs congés en même temps, c'était une chance !

Parents de deux enfants, ils partageaient leur appartement avec Jérémy, leur fils aîné, un lycéen de 16 ans et Myrtille leur petite fille de 7 ans.

Myrtille, une jolie rousse espiègle, ennuyait souvent son grand frère bien qu'elle l'admira . En revanche, Jérémy supportait mal la cohabitation avec sa soeur et... La proximité de ses parents le dérangeait tout autant. Il devait supporter les assauts de Myrtille et l'adoration de ses parents pour leur petite dernière. Heureusement ! Il avait des amis qui vivaient la même situation et le comprenaient.

Agaçant, très agaçant, une petite soeur qui savait tirer profit de son jeune âge et qui menait par le bout du nez ses parents ! Elle criait avant d'avoir mal, pleurait avec de vraies larmes sans avoir été bousculée, mais simplement contrariée. Quelle plaie cette Myrtille ! Vivement les vacances ! Ses parents allaient la coller à un quel-conque club Mickey et elle lui lâcherait les baskets !

Au moment du départ en vacances, les parents discutaient du choix du moyen de transport.
- Tu comprends les embouteillages, ça suffit ! s'exclamait Marion.

- Oui, mais les retards de trains sont fréquents, les correspondances ne correspondent pas toujours quand ils ne sont pas en grève ! Et au niveau prix pour toute la famille, la voiture c'est quand même moins cher ! rétorqua Anthony.

- C'est vrai ! Mais tu exagères pour les grèves, la dernière fois que nous sommes partis en train nous n'avons rencontré aucune difficulté. Le coût d'accord, mais pense aux places de parking très chères et en nombre insuffisant sur la côte. Moi, je ne veux pas tourner des heures pour trouver une place ! Je veux me sentir en vacances dès que je ferme la porte de l'appartement !

- Écoute ! répondit Anthony qui ne désarmait pas, j'aime la voiture, car j'aime me sentir libre... Aller où je veux et quand je veux. Alors, on prend ma voiture et je conduis du début jusqu'à la fin du trajet, d'accord ?

Marion leva les yeux au ciel et conclut " d'accord ! "

- Alors vous êtes enfin d'accord, alors passons aux choses sérieuses ! Quand est-ce qu'on part ? demanda leur fils.

- Dans deux jours, répondit Marion et on se lève à 5 heures du matin !

- Quoi ! cria Jérémy... Et vous appelez cela des vacances ! Je me lève toute l'année à 6 heures 30 du matin pour aller au lycée.

- 7 heures mon chéri, 7 heures, ton réveil sonne à 6 heures 30, mais tu te lèves à 7 heures !

Myrtille entra dans la pièce et avant qu'elle put ouvrir la bouche, son frère l'arrêta :

- Et toi, ferme ton clapet ! Pour ne pas réveiller mademoiselle, papa et maman te mettent délicatement avec ta couverture et ton doudou dans la voiture.

Il imita sa soeur qui suçait son pouce, en tournant d'un doigt une mèche de cheveux avec un air abruti.

- Maman, il se moque !

- Ça suffit Jérémy ! Vous n'allez pas commencer!

- J'ai un mauvais pressentiment, je sens que Myrtille va me pourrir les vacances !

- Jérémy, arrête-toi ! tu es grand...

- Je sais, je dois donner l'exemple ! Maman, tu oublies que je suis un ado , que je me cherche et que je passe une période très difficile de ma vie !

- Tu vas te calmer Jérémy ! se fâcha Anthony qui avait tout entendu. Va dans ta chambre !

L'adolescent, la démarche traînante, se dirigea vers le réfrigérateur.

- Que fais-tu ?

- J'ai le droit de manger ! Non ?!

- Dépêche-toi !

Il savait qu'il faisait rager sa mère, elle découvrait souvent des emballages vides et des dépôts alimentaires de toutes sortes quand elle nettoyait sa chambre. Elle lui avait interdit de manger dans sa chambre, mais elle ne voulait pas creuser le conflit pour le moment.

Enfin, le jour du départ arriva ! La voiture était bondée et Anthony ne manqua pas de faire remarquer à sa femme qui avait préparé les bagages, qu'à ce rythme là, au prochain voyage il faudrait un camion.

- A quoi cela sert de prendre la voiture si on ne peut pas prendre un peu plus de bagages qu'en train ! fit remarquer Marion.

Sur la route, il y avait peu de monde tôt le matin ; il ne faisait pas encore chaud, ils trouvèrent l'autoroute facilement. Myrtille dormait, Jérémy écoutait de la musique. Cela faisait une heure qu'ils roulaient. La voiture chassa, Anthony se rangea immédiatement sur la bande d'arrêt d'urgence et s'arcquebouta pour changer la roue. Seulement, il fallut décharger la voiture pour prendre la roue de secours ce qui agaça passablement Marion. Ils repartirent... On entendit Jérémy illustrer ses victoires comme ses défaites avec un langage fleuri pendant qu'il jouait à un jeu vidéo. Myrtille était réveillée et demanda quand est ce qu'on arrivait.

- Attends Myrtille ! On vient juste de partir ! répondit son père concentré sur la route.

- T'as pas l'impression que la voiture chauffe ? demanda Marion la main sur le tableau de bord.

- Oh toi, tu t'inquiètes toujours !

- Bon ! Bon ! J'ai rien dit ! reconnut Marion.

Une demi-heure plus tard, tout le monde trouvait qu'il y avait une drôle d'odeur. Heureusement, ils purent pénétrer sur une aire d'autoroute ; effectivement, la voiture chauffait.

Le garagiste appelé en urgence donna son diagnostic :

- Eh, bien ! C'était moins une ! C'est le radiateur. Je peux vous débrancher la climatisation et le connecter sur le radiateur, mais vous n'aurez plus de climatisation ; vous pourrez changer votre radiateur plus tard... Par contre, la courroie de distribution, elle ne va pas tenir sur un long trajet ! C'est surtout la main d'oeuvre qui va vous coûter !

- Vous en avez pour combien de temps?

- Bah... Il faut compter... Entre 1 heure et demie et 2 heures.

- Ah quand même ! Heureusement que nous sommes partis tôt !

Ils prirent un petit déjeuner à la cafétéria. Le garagiste vint les rejoindre pour leur parler d'un autre problème.

- Je ne comprends pas Anthony, tu n'as pas fait la révision de la voiture avant le départ ? Surtout que ta voiture est vieille!

- Ben non, tu voulais tellement partir en train ! Je ne pensais pas que j'aurais pu te convaincre.

- Alors, ça va être ma faute, c'est ça !

- Je peux aller sur tes genoux ? demanda Myrtille à Jérémy.

- Tu ne vois pas que je suis en train d'écrire !

Il envoyait un texto à son meilleur ami, Jonathan.

" Les parents jamais d'accord comme d'ab et ça commence mal, plein de problèmes mécaniques, la voiture c'est une épave, je crois que mes darons croient toujours au Père-Noël ! A plus ! "

Les réparations furent si longues qu'ils déjeunèrent sur place. Ils s'installèrent dehors, Marion avait prévu le pique-nique.

A la fin du repas, Myrtille gambadait puis se griffa dans les ronces, hurla et réveilla son père qui commençait à s'assoupir. Jérémy savourait son dessert indifférent aux cris de sa sœur jusqu'au moment où sa mère lui ordonna d'aller chercher la trousse de secours dans la voiture. De mauvaise grâce, l'adolescent se leva et racla ses chaussures de marque sur le bitume. Il chercha en râlant la fameuse trousse.

- Je ne la vois pas ! cria t-il.

- Mais c'est pas possible, répliqua Marion, je l'ai mise dans un sac orange pour qu'on la trouve tout de suite !

- Ah !... C'était la trousse de secours ! réalisa tout à coup le père.

- Oui, pourquoi ?

- Parce que... je croyais que c'était encore un sac de jouets pour Myrtille alors... ben alors je ne l'ai pas pris.

Et... pour se justifier :

- De toute façon, il n'y avait plus de place !

- Mais je rêve ! s'exclama la mère, tu aurais dû vérifier ! Comment on va faire !

- Oh, ça va, ça va, on n'est pas en plein désert et Myrtille n'est pas blessée ! Elle s'est juste égratignée.

Myrtille trop prise par la conversation de ses parents oublia de pleurer, en revanche, dès qu'il y eut un temps mort, elle reprit de plus belle sa plainte agrémentée par de vraies larmes.

- Viens voir papa, ma chérie.

- Viens, maman va te mettre un mouchoir avec de l'eau fraîche!

« Eh voilà mes parents qui se battent pour obtenir les faveurs de la petite soeur !! Ils sont i-rré-cu-pé-rables ! » Pensa Jérémy, isolé derrière un arbre.

Tous reprirent la route, le jeune homme avec sa musique sur les oreilles, Myrtille avec ses jeux, la mère pensive regardait le paysage se dérouler sous ses yeux. Quelques heures plus tard, Anthony fatiguait, il avait besoin de faire une pause. Sur le bord de la route, un panneau indiquait un site avec un lac un peu plus loin. Un arrêt ne serait pas un luxe, le moteur de la voiture était bruyant, tout le monde en avait plein la tête... Sauf Jérémy qui marquait le rythme de la main sur la vitre, des écouteurs sur les oreilles.

Anthony emprunta un chemin qui s'élargissait jusqu'à une prairie bordant un lac. Des arbres au large port donnaient un espace ombragé sur une surface plane, l'espace idéal pour piquer un somme. Myrtille descendit de la voiture et cueilla des fleurs , le couple étala une couverture et s'allongea tandis que Jérémy s'adossa à un arbre en tapotant sur son portable.

« Mes darons sont posés au bord d'un lac, ma frangine court après les papillons. L'image de la famille parfaite ! » envoya Jérémy à son ami Jonathan. Relevant la tête, il vit une masse se déplacer, mais aveuglé par le soleil , il mit un certain temps à comprendre ce qui se passait.

- J'y crois pas ! La voiture ! C'est la voiture !... Maman ! Papa ! La voiture, elle descend vers le lac !

Ébaubis, Marion et Anthony virent leur véhicule rouler mollement vers l'étendue d'eau sans pouvoir intervenir. Marion, la bouche ouverte, les deux mains devant le visage, ne criait pas, Anthony, une main sur le front, attendait les reproches de sa femme qui n'allaient par tarder à pleuvoir ! Marion se ressaisit :

- Mais c'est pas possible ! Tu le fais exprès, tu as décidé de nous gâcher les vacances ! On n'a plus de voiture ! Allo, allo, ici la planète terre, nous n'avons pas de véhicule car un terrien a oublié qu'il fallait mettre un frein à main pour l'immobiliser !

- Je vais trouver une solution !

- Oui ! C'est ça ! Au passage, on a déjà dépensé l'équivalent d'une semaine de courses !

Jérémy avait filmé la lente descente de la voiture dans le lac. Ses parents en se disputant n'avaient pas assisté au final qui s'avérait grandiose. Au début , quand la voiture bascula, il y eut un grand « plouf » puis elle flotta quelques secondes avant de s'enfoncer lentement dans l'eau. On entendit des « gloup », des vagues circulaires s'étendaient au large, puis rapidement elle fut engloutie, provoquant une dernière série d'ondes. Quand le toit disparut, la voiture éva-nouie, il ne restait que le clapotis des vagues claquant sur le rivage. Jérémy avait filmé toute la scène, il pensa « c'est une belle mort ! » Immédiatement, il envoya le film à Jonathan avec un commentaire : « Mes parents sont nases, mais pour une fois je m'amuse ! On va peut-être dormir à la belle étoile ! A plus ! »

Anthony faisait des allers et retours, très enervé, son portable à la main.. Il se rapprocha de Marion.

- Je viens d'avoir l'assurance. Il y a un hôtel-restaurant au bord du lac. Demain, un expert viendra sur place constater les faits, il fera intervenir un dépanneur. L'assurance nous paie le taxi puis le train jusqu'à notre location.

- Et l'hôtel ?

- Pas l'hôtel ! Faut pas pousser ! répondit Anthony.

- Non, faut pas pousser ! C'est trop demander de passer des vacances tranquilles en famille ! rétorqua Marion qui ne décolérait pas.

- Je crois que je devrais me faire plus confiance... Finale-ment, je me demande si cela ne me reviendrait pas beaucoup moins cher de prendre mes vacances sans toi ! Je suis sûre que seule avec les enfants, je dépenserais moins que si toi, tu partais tout seul !

- Ça va, tu es contente, tu joues le rôle que tu préfères... celui de la victime !

- Tu es gonflé ! C'est quand même toi qui nous as mis dans cette galère !

- Venez les enfants ! Il va falloir marcher un peu dans cette direction ! Anthony indiqua la seule route qui exista.

Ils marchèrent trois quarts d'heure avant d'apercevoir une construction en bois en partie sur pilotis portant un nom très origi-nal « l'hôtel du lac ».

Le lendemain, ils attendirent l'expert, le dépanneur... récupé-rèrent ce qui pouvait être récupéré, puis attendirent leur taxi. Jérémy s'amusait à tout filmer.

Quand enfin, ils purent monter dans le train, Anthony arrêta tout de suite sa femme.

- Épargne-moi tes réflexions du style : « Si nous avions pris le train, si tu m'avais écoutée et j'en passe ! »

Marion soupira sur son siège et colla son visage sur la vitre, car elle n'avait pas envie de parler à son mari.

- Maman, tu es fâchée ? s'inquièta Myrtille.

- Non, je ne suis pas fâchée mon coeur, tu veux que l'on regarde ensemble les magazines que nous avons achetés à la gare ?

Myrtille fit « oui » de la tête. Jérémy s'était installé beaucoup plus loin dans le wagon.

Arrivés à destination, sur le quai de la gare, Marion constatait qu'il manquait une valise. Anthony remonta dans le train puis redescendit l'air contrarié.

- Il y a un petit problème, comme il n'y avait pas de place, j'ai mis une valise dans le wagon d'à côté, mais le train s'est scindé en deux parties, car une partie allait dans une direction, une autre dans une autre... Et je ne pouvais pas le savoir !

- On récupère quand la valise ?

- Quand le train en question partira dans l'autre sens, sans doute demain.

Marion blasée répéta : « sans doute oui, sans doute ». Ils prirent le taxi avec lequel ils firent un long trajet et enfin arrivèrent à la porte de leur maison de vacances. Après une bonne douche, ils choisirent de dîner dans le restaurant le plus proche qui affichait des prix raisonnables. Tout le monde semblait de meilleure humeur. On entendait fortement le bruit des trains qui passaient et encore plus puissamment ceux qui freinaient. Anthony s'informa auprès du serveur. « C'est assez bruyant ici ! »

- Oui, répondit le serveur, on est à 500 mètres de la gare ici.

- Je ne comprends pas, quand on a pris le taxi, on a fait au moins 3 km avant d'arriver ici !

- Disons que... bon... tout le monde n'est pas comme ça, mais il y a quelques taxis qui en profitent !

Marion montra de sa main le chiffre trois.

Anthony ne savait pas ce qu'elle voulait dire, puis quand le serveur partit, elle montra ses trois doigts bien écartés puis éclata :

- Regarde ! Nous en sommes à trois semaines de courses !

Ils rentrèrent à la nuit tombante. Tous souffrirent de la circulation ferroviaire.

Anthony se disait qu'ils finiraient par s'habituer, Marion en voulait à Anthony qui ne jurait que par internet ! Bien sûr, il avait payé cette location en ligne ! Comment se faire dédommager maintenant !

Aux alentours de trois heures du matin, Jérémy utilisa le cabinet de toilette, mais l'oreille attentive de Marion détecta une anomalie, elle se leva puis attendit dans le couloir. Jérémy en sueur sortit des toilettes.

- J'ai vomi, je crois que j'ai pas digéré les fruits de mer.
- Mince ! Demain, j'irai à la pharmacie !
- Non, ça ira… Déjà, je me sens mieux !

Marion se demandait si une personne mal intentionnée ne leur avait pas jeté un mauvais sort. Puis, ce fut au tour de Mytille d'être dérangée, elle avait fait un cauchemar, elle s'était imaginée se noyer dans un lac ! Marion la rassura.

- Mais non, tu sais que c'est la voiture qui est tombée dans l'eau, pas toi. Allez, maman est là, rendors-toi !

Tout le monde dormait sauf Marion, elle se ravisa: « Non ! Elle ne partirait pas seule avec ses enfants en vacances l'année prochaine, mais elle partirait seule, seule ! Une semaine sans personne avec elle ! »

Le lendemain Anthony multipliait les appels pour se faire rembourser une partie de la location. Ses interlocuteurs le promenaient d'un service à l'autre sans qu'il puisse aboutir à quelque chose de concret.

Dans le courant de la semaine, des estivants s'installèrent dans la maison d'à côté, ils avaient deux enfants, une grande fille et un petit garçon, Matisse. Ils sympathisèrent, Myrtille trouva un compagnon de jeu, Jérémy fut séduit par la jeune fille qui s'appelait Solène.

- Maman, je vais à la plage avec Solène... Sans Myrtille !
- D'accord !

Les jeunes gens revinrent peu de temps après.

- Déjà ! lança Marion.
- Il y a une invasion de méduses, alors, je regrette , je ne me baigne pas !... Tu peux me donner de l'argent pour qu'on aille à la piscine.
- Oui.
- Maman, moi aussi, je veux aller à la piscine !
- On ira plus tard avec Matisse.

Le soir, toute la famille et leurs voisins dînèrent sur le port. Les lumières de la ville se reflétaient sur l'eau, on percevait le bruit du ressac d'une mer calme ce qui avait le don d'apaiser tout le monde. Ils rentrèrent tard, Jérémy donna la main timidement à Solène. Marion était contente de sa soirée. Plus tard, s'écroulant sur le canapé, elle dit d'un air enjoué.

- Il faut vraiment que je t'aime pour rester avec toi !!
- Eh moi donc ! Il faut vraiment que je t'aime pour rester avec toi ! reprit Anthony.
- Papa, est-ce que je peux me promener avec Solène jusqu'à la plage ?
- Oui, mais dans deux heures tu es rentré Anthony !
- OK !

Les deux heures passèrent et leur fils n'était toujours pas rentré. Dans la chambre, la tête calée sur l'oreiller, Marion se tourmentait.

- Et si il lui était arrivé quelque chose !
- On dirait que tu as oublié qu'un jour tu as été jeune, à mon avis, Jérémy pense à autre chose qu'à rentrer à l'heure !

On sonna à la porte.

Deux policiers encadraient l'adolescent qui avait reçu des coups au visage.

- Ne vous inquiétez pas, votre fils n'a rien fait de mal, mais il y avait une bande de jeunes alcoolisés qui cherchait la bagarre, on les a tous coffrés, malheureusement votre fils se trouvait là, mais il n'a rien de grave. Ils n'ont pas touché à la jeune fille.

- Vous pouvez porter plainte et passer au commissariat demain matin.

Jérémy se lavait le visage dans la salle de bains. La porte refermée, Marion se rua dans la salle de bains

- Ça va mon chéri?

- Ça va, mais j'aimerais bien qu'on me fiche la paix et je ne suis pas ton chéri !

- Je sais, je sais, tu es le chéri de Solène maintenant !

- Cela ne te regarde pas !

- Bon... bon, je te laisse !

Les jours suivants, les parents de Jérémy constataient que leur fils était amoureux. Quand ils passaient devant la salle de bains, l'odeur du parfum pour homme embaumait et le niveau du précieux liquide descendait à vue d'oeil. Cette fin de semaine s'annonçait bien, mais parfois les éléments se déchaînent et vous êtes confrontés à vos propres limites de façon brutale. Anthony avait raison, tout le monde s'habitua au bruit des trains. Une nuit, Marion entendit un bruit inhabituel. D'abord un choc, puis un bruit de cascade. Elle se leva, chercha, se dirigea vers la cuisine. Soudain, un jet d'eau claire gicla du dessous de l'évier. Marion affolée appela son mari.

- Anthony, lève-toi, il y a de l'eau partout !

Il sauta du lit ; halluciné, regarda cette rivière d'eau qui coulait dans tous les recoins de la maison, puis tapa du point sur le mur.

- C'est pas vrai, mais c'est pas possible !

Les pompiers arrivèrent rapidement. Jérémy sortit son Iphone pour filmer le déluge. Myrtille se retrouva une fois de plus dans les bras de son père. Le lendemain, le plombier répara la fuite.

- Je n'ai jamais vu ça, le tuyau a explosé à cause de la pression, un vieux tuyau avec de très vieux embouts !

Découragée, Marion avait envie de rentrer à Paris, impuissant Anthony tapota sur l'épaule de sa femme.

- C'est vrai que cela fait beaucoup ! souffla le père.

Heureusement, les deux dernières semaines de vacances se déroulèrent sans incident majeur. A la fin du séjour, la famille rentra sur Paris en train. Jérémy maussade ne supportait pas qu'on lui adressa la parole. Il venait de quitter son amour et il était triste en pensant à Solène. Les parents étaient heureux de rentrer ; ces vacances désastreuses leur avaient coûté très cher.

- Tu vois, ça a du bon de rater ses vacances, car on est content de rentrer chez soi ! dit Anthony en plaisantant.

- Très drôle ! répondit Marion.

Myrtille regardait le livre que ses parents venaient de lui acheter. Elle découvrait une splendide maison avec des animaux. Il y avait comme chez Myrtille, une jolie pendule, un canapé confortable, une cuisine pleine de couleurs. Dans l'entrée... Un téléphone posé sur une tablette lui rappela l'entrée de l'appartement. Il y avait un téléphone, le même, posé à côté du sofa en velours épais. C'est ici que Myrtille s'installait pour discuter avec son amie Julie, calée dans les coussins.

Il lui tardait de rentrer chez elle, de retrouver toutes ces choses comme dans le livre. Elle pensait surtout à sa chambre et s'il n'était pas trop tard, elle pourrait téléphoner à Julie. Ils prirent l'ascenseur avec une certaine excitation. Le puits de lumière diffusait un éclairage léger donnant une atmosphère feutrée au vieil immeuble. La clef tourna facilement dans la serrure. Le concierge avait dû mettre une goutte d'huile.

Enfin, la porte s'ouvrit.

Myrtille écarquilla les yeux, il n'y avait absolument plus rien dans l'entrée, plus de sofa, plus de téléphone, plus de guéridon, ni de pendule, rien de rien !

Marion courut dans l'appartement
- Non, c'est pas possible ! Ils ont tout pris !
Anthony, excédé, courrait de pièce en pièce.
- C'est pas vrai, les s......, ils ont tout pris !
Jérémy téléphona à Jonathan :
- Salut ! C'est Jérémy, on a été cambriolé, est-ce que je peux dormir chez toi, ce soir ?

Vacances d'enfer !

Maison de rêve

Nicole Mallassagne

C'était mercredi, Sophie était chez sa grand-mère, comme tous les mercredis, depuis qu'elle était toute petite. Ce n'était pas la première petite fille ou petit fils qu'elle gardait ce jour-là, mais c'était la première fois qu'elle était seule, avec l'un de ses petits enfants ; la petite dernière de l'un des ses quatre fils, et la petite dernière du plus jeune. Ses autres petits enfants étaient maintenant en âge de se garder seuls ! Sophie aussi, mais elle gardait l'habitude de venir le mercredi, elles se tenaient compagnie. C'était peut-être, ce tête-à-tête du mercredi qui faisait de leur relation, une relation toute particulière si elle la comparait à ce qu'elle avait vécu avec ses autres petits enfants.

Ce n'était pas la seule raison. Il y avait, et il y avait toujours eu avec cette enfant une connivence au-delà des mots. Quand elle était bébé, elles communiquaient parfaitement par signes, sourires, mimiques. Ce qui faisait dire à son fils qu'elles avaient un langage qui les mettait à l'abri des autres. Elles continuaient d'ailleurs à se comprendre à demi-mot, voire, sans mot.

Cet après-midi, elles triaient ensemble des photos avant de les mettre dans des albums. Et il y en avait des photos avec quatre enfants et neuf petits enfants ! Deux enfants chacun, et Sophie qui avait huit ans de moins que le dernier de ses deux frères. Elle avait toujours entendu dire par sa grand-mère, qu'un jour, il faudrait bien en faire quelque chose de ces photos, mémoire de la famille. Elles avaient commencé déjà depuis un mois, et il en restait du travail !

Elles faisaient cinq tas, pour cinq albums, chaque famille aurait un « album mémoire », ce serait bien qu'ils soient terminés pour Noël !

- Regarde Mamie.

Combien de fois dans la journée cette petite phrase ! Soit parce qu'elle ne reconnaissait pas la personne sur la photo, soit parce que la photo était insolite, soit parce qu'elle ne savait pas dans quel tas la classer. Elles s'appliquaient à ce que chaque famille ait un album qui retrace bien son histoire, mais aussi la saga familiale.

Elle commençait à bien reconnaître ses cousins, enfants, alors qu'elle ne les avait connus qu'adolescents. Quant à ses oncles et tantes, elles s'amusaient de leur changement et des modes vestimentaires qui entraînaient souvent des fous rires.

- Regarde Mamie, cette maison, je ne la connais pas.

Elle ne pouvait pas la connaître. Elle avait été vendue un an avant sa naissance, son frère Lionel avait sept ans. Elle était donc, la seule, à ne pas connaître l'histoire de cette maison de vacances. Et ce qui l'étonnait davantage, c'était qu'en quinze ans d'existence, elle n'en avait jamais entendu parler, ni par ses parents, ni par ses grands-parents. Si sa grand-mère lui avait lu des contes, son grand-père lui avait conté l'histoire de la famille, affirmant que la petite dernière devait être intégrée à cette famille, en connaissant son passé. « Le passé, petite, te fera grandir, et tu seras notre mémoire à tous. »

Parlons-en de cette mémoire, une mémoire tronquée puisqu'elle venait de découvrir qu'une maison de vacances avait été rayée de la mémoire collective. Et son grand-père n'était plus pour lui parler de cette maison ! Il fallait donc que sa grand-mère prenne le relais.

- Il était une fois.

Elle s'insurgea, ce n'était pas un conte que l'adolescente voulait, mais la réalité. La grand-mère persista. C'était un véritable conte qu'avait vécu la famille. Il y avait toujours des secrets dans les familles, et bien cette maison, c'était leur secret, et comme tous les secrets de famille, ils pèsent. Ils pèsent dans l'ombre, mais on ne sait ce qu'ils pèseront quand on les sortira de l'ombre, c'est pour cette raison…

Puisque cette photo la sortait de l'ombre, elle était bien obligée de lui en parler.

- Il était une fois une famille avec quatre enfants, quatre garçons.

Tes oncles étaient encore à la maison, avec ton père, bien sûr, deux étudiants, deux lycéens. C'était difficile de partir tous en vacances ensemble, cela faisait des frais. Alors, chacun se débrouillait. Cette année là, l'un était parti chez un copain, l'autre avec les scouts, le troisième comme moniteur de colonie de vacances avait pris avec lui ton père qui rechignait bien un peu pour partir en colo, mais selon l'avis de tous, c'était gratuit pour lui, alors il irait. Ton grand-père et moi étions restés à la maison. C'était un peu des vacances de se retrouver, à deux, sans les garçons.

Quand tout le monde rentra, l'avis fut unanime, il nous fallait une maison de vacances. Nous partirions ainsi en vacances tous ensemble, et plus souvent. Pour les vacances scolaires, les grandes vacances, voire les week-ends prolongés. Il fallait donc une maison de vacances pas trop éloignée. Et luxe suprême, on pourrait même y inviter des copains.

L'aîné, qui avait passé des vacances chez un ami, revenait d'un séjour dans une maison de famille qui se trouvait dans les Cévennes, c'était l'idéal. Tout le monde fut d'accord. Il ne manquait que le financement…

Cette maison devint le septième personnage de la famille, le personnage rêvé. Et comme tout personnage de rêve, elle occupait tous les esprits. Elle évolua aussi au cours des mois, des années. D'un petit mazet, elle devint un mas, il ne fallait pas oublier qu'on était six et qu'on souhaitait partir en vacances ensemble, c'était le but. Surtout si on invitait des copains et des copines. Un mas avec un étage s'imposait. Dans les Cévennes, les mas ont souvent un étage, on y mettait le foin et on y faisait l'élevage des vers à soie, certes l'étage ne serait pas aménagé, ainsi il serait moins cher à l'achat. Les parents seraient en bas et les enfants camperaient en haut, en attendant d'avoir assez d'argent pour aménager le premier étage.

Il était évident qu'il le fallait grand. L'aîné, qui déjà fréquentait sa future femme, posa le problème des conjoints, on passerait alors à dix. Ton père ajouta qu'il y aurait ensuite les enfants, en moyenne deux par couple, le compte fut vite fait, on en était à dix-huit. Heureusement que les conjoints, les enfants, n'arriveraient pas tous, tout de suite, on aurait ainsi le temps de programmer et de financer une extension.

Nous n'avions pas la moindre économie pour acheter une maison. Ce n'était pas avec à la banque, un livret plein, en cas d'imprévus qu'on pouvait acheter une maison ! D'autant, qu'il fallait garder ce livret pour les imprévus ! Mais cette maison de rêve, pour des vacances de rêve, continua à alimenter toutes les discussions. L'aîné de tes oncles termina ses études, trouva du travail, se maria, quitta la maison. Il nous conseilla de mettre de côté l'argent qu'on n'utilisait plus pour lui. La maison commençait à avoir une réalité, avec un compte spécifique où nous mettions nos économies. Quand il ne resta plus que ton père à la maison, le compte chaque mois recevait une épargne plus importante. Un jour, les deux aînés nous annoncèrent qu'ils pouvaient faire un prêt. L'une de nos belles filles ajouta un peu d'argent de la succession de ses parents, à nos économies. Nous pouvions, après dix ans de projet, enfin le réaliser. La maison fut vite trouvée près de Chamborigaud, ils montèrent une SCI chez le notaire, nous avions une maison familiale de vacances, celle de la photo. Une maison de rêve, pour des vacances de rêve. Un peu à l'écart du village avec vue sur le viaduc.

Alors, après avoir consacré des années à rêver d'une maison pour des vacances de rêve, pour des vacances de rêve on passa des années à rénover cette maison. La joie décuplait les énergies, même ton père, plus jeune, y passait tous ses congés avec ses frères et belles sœurs. En fin de journée, exténués, sales, après une douche au jet d'eau au fond du jardin, ils venaient dévorer les légumes achetés au village à des producteurs de la région, les grillades. C'était le bonheur. Et la maison continuait à alimenter toutes les discussions. Elle était notre passé, la réalisation d'un projet d'adolescents ; elle était notre présent, ce qui cimentait cette famille qui s'agrandissait, ton premier cousin était né ; elle était ce qui nous projetait dans l'avenir.

Le temps passait, ton père quitta la maison à son tour. On se retrouva à deux ; elle devenait bien grande cette maison dans laquelle on avait vécu un peu à l'étroit ! Alors quelle joie de monter dans les Cévennes pour les vacances ! On découvrait nos petits enfants, on les gardait, on les promenait, on faisait les courses, la cuisine, on était bien occupés pendant que les jeunes continuaient les travaux. Ils en étaient aux extensions.

On leur disait qu'ils en faisaient trop, qu'ils ne profitaient pas assez de leurs vacances, de la région. Mais la maison était leur seule préoccupation, personnage central, véritable mandragore qui réunissait et divisait aussi, parfois. Il n'y avait plus de douche au jet d'eau au fond du jardin, ils trouvaient l'eau trop froide. Ils avaient installé près de la cuisine d'été, une douche avec de l'eau chaude. On souriait avec ton grand-père, ils prenaient de l'âge nos enfants.

On souriait moins quand ils se disputaient. Les discussions à table, le soir, sur la maison, étaient de plus en plus mouvementées. On reprochait à l'aîné de tout diriger, il avait toujours tout dirigé et tout le monde en était bien content, mais maintenant qu'eux aussi avaient des responsabilités, ils ne supportaient plus les directives de leur frère. On lui reprochait même de jouer à l'ingénieur, ce qu'il était, et de moins mettre la main à la pâte, se plaignant de maux de dos. Mais tout le monde avait des courbatures !

Avec la fatigue, en fin de journée, on supportait mal les ados, les petits qui criaient, pleuraient, se battait parfois. Des critiques fusaient sur l'éducation des enfants. La joie, l'euphorie, l'harmonie entre les familles, les enfants, petit à petit, s'estompaient pour laisser place à une atmosphère lourde, emplie de non-dit. Avec ton grand-père nous étions les spectateurs impuissants de cette dégradation. Etait-ce encore une maison de rêve pour des vacances de rêve ?

Sophie écoutait sa grand-mère, imaginant la tristesse des parents devant l'échec de ce projet qui entraînait l'implosion de la famille. Un rêve de jeunesse qui se transformait en cauchemar. Si elle n'avait jamais entendu ses oncles parler de cette maison, elle n'avait pas plus entendu ses cousins en parler, ils devaient bien en

99

avoir des souvenirs, et des souvenirs heureux ! Quelle douleur ce devait être, pour être ainsi, enfouie par tous !

- Alors, vous avez vendu !
- Oh non ! On ne vend pas comme cela un rêve, des vacances de rêve ! On s'accroche à un rêve, on veut encore y croire. On veut retrouver les vacances idylliques de sa jeunesse. Les coups de pioches, les brouettes transportées du matin au soir qui laissaient fourbus, mais heureux autour d'une table conviviale. Alors ton père eut une idée, creuser une piscine. Cela canaliserait les énergies des enfants. On discuta bien un peu autour de la table, mais de façon constructive, ce qui n'était pas arrivé depuis longtemps. On posa le pour et le contre. On tomba même d'accord pour une piscine couverte pour mieux en profiter, à y être ! On pourrait ainsi se baigner à Noël !

Avec ton grand-père, nous étions inquiets ; il fallait ajouter un petit prêt pour cette réalisation, déjà qu'il y avait eu, dans les différents, des remarques sur les frais occasionnés par cette maison, sur les vacances toujours au même endroit, sur les travaux incessants ! Mais là, ce serait la dernière tranche de travaux. Avec les enfants qui avaient grandi, la piscine était, bien sûr, ce qui manquait à cette maison. Tous se lancèrent dans cette dernière aventure avec enthousiasme. Le rêve était relancé. Ce fut un été merveilleux.

Les gros travaux furent réalisés par une entreprise, mais toutes les finitions assurèrent la cohésion familiale. Nous gardions avec ton grand-père les plus petits, nous avions en charge l'intendance, et tout le reste de la famille était au travail. Carrelage anti dérapant posé tout autour de la piscine, assuré par les hommes avec la pose de l'abri, transparent pour voir le ciel, repliable pour se baigner à l'air libre l'été. Les femmes et les plus grands de tes cousins s'occupaient de l'aménagement du terrain autour. Terrain à préparer en espalier, massifs à choisir, à planter. Ils étaient parfois appelés comme manœuvre par les hommes. Une vraie ruche, c'était un réel plaisir à voir.

A midi, on mangeait rapidement des tartines sur le pouce. Le soir, autour de la table, il y avait, avec de bons coups de fourchette, des discussions joyeuses sur les problèmes rencontrés, résolus, des anecdotes qui faisaient gentiment rire aux dépens des uns et des autres. Tout était comme autrefois, peut-être encore mieux qu'autrefois. Les enfants, devenus ados, participaient à ces travaux de façon plus assidue, c'était vraiment une belle réalisation de groupe.

Une maison de rêve, pour des vacances de rêve.

« Pourvu que cela dure » m'avait dit ton grand-père, un soir, alors qu'exténués par la journée, nous nous étions, très tôt, retirés dans notre chambre. Faire manger autant de personnes n'était pas toujours de tout repos. On avait hâte que les belles filles reprennent de l'activité en cuisine ! J'étais confiante, il y avait eu une crise, comme parfois dans les couples, mais tout repartait bien. Ton grand-père avait ajouté, « Oui, comme dans les couples. Il ne faudrait pas que cette piscine soit leur dernier enfant, comme dans les couples qui décident de faire un petit dernier pour tout arranger ! Et on sait que cela n'arrange rien. » J'espérais qu'il se trompait.

Cet été-là, le dernier jour fut vraiment l'apothéose. On mit la piscine en eau le matin, on se baigna, on but le champagne. On déplia l'abri pour le dernier bain et pour le départ. On régla le thermostat, l'eau serait chauffée pour notre venue en novembre. On félicita les paysagistes qui avaient réussi, grâce aux recherches sur internet, des implantations dignes de professionnels. On nous félicita pour les repas et la garde des petits. Tout le monde était soulagé. La maison des vacances était enfin terminée. Rendez-vous, aux prochains congés, pour les vacances tant rêvées, retrouvées.

Ce premier trimestre fut très long pour tout le monde, heureusement qu'il y avait cette coupure en novembre. La maison terminée attendait ses hôtes.

Nous arrivâmes les derniers, vers midi, tout le monde était à l'eau. Le thermostat avait bien fonctionné, l'eau était à la bonne température. Les petits criaient en s'éclaboussant, les hommes jouaient au ballon avec les ados, et faisaient encore plus de bruit que les enfants. Les femmes, soucieuses de leur silhouette, faisaient de l'aquagym. Nous fûmes accueillis avec des cris de joie. Nous apportions le repas, un bœuf bourguignon mijoté la veille. Pour les autres jours, il était prévu que nous nous mettions en vacances complètes, les belles filles prenaient la cuisine en charge.

Le lendemain, les ados partirent ramasser des châtaignes, les parents cueillir des champignons. Nous restâmes tranquilles, à la maison, avec les plus petits qui profitaient de la piscine. La maison était calme. Nous étions heureux du bonheur de tous. Ces quelques jours de vacances, une petite semaine, permettaient à chacun d'apprécier la maison, sans les travaux. Tous, fiers, de leur réalisation, la réalisation de leur rêve.

Le dernier soir on évoqua l'organisation de Noël. Mais, c'était trop tôt pour certains qui n'étaient pas sûrs d'être libres. Nos regards se croisèrent avec ton grand-père. Cela faisait des années que nous passions Noël tous ensemble au milieu des travaux. La maison terminée n'accueilleraient plus tout le monde ! Dans le silence, un de tes cousins nous apprit qu'il serait absent, il partait pour les fêtes de fin d'année, en Allemagne, chez sa correspondante. Elle était venue l'année précédente. On se quitta en se souhaitant bonne nuit, demain, tout le monde partirait tôt.

Personne ne passa Noël dans la maison de vacances, personne ne fut libre pour y monter à Pâques.

A la fin des vacances de Noël, nous fîmes un grand goûter à la maison, pour fêter Noël et Nouvel An, avec échanges de cadeaux et de vœux. Elle était bien petite notre maison pour accueillir cette grande famille ! Personne ne parla de la maison de vacances.

A Pâques, avec ton grand-père, nous nous retrouvâmes seuls, dans cette grande maison. Nous invitâmes des amis. Ton père était invité dans sa future belle-famille, ses frères n'avaient pas pris de vacances, quant à leurs enfants ils étaient tous occupés ; des révisions de partiels, des stages, des voyages linguistiques.

Nous nous y retrouverions tous, en été.

Sophie comprenait maintenant pourquoi son grand-père disait « Le passé, petite, te fera grandir, et tu seras notre mémoire à tous. »

Cette phrase, elle ne l'avait pas comprise à l'époque. A la mort de son grand-père, elle avait compris, par son chagrin, que maintenant elle était sa mémoire. Aujourd'hui, en écoutant le récit de Mamie, elle comprenait tout. Elle ajoutait à son passé, ce passé occulté par la famille. Sa vie s'enrichissait de ce passé qui devenait le sien. Elle avait toujours la photo sous les yeux et pendant que sa grand-mère parlait, elle en avait trouvé d'autres, qu'elle classait en fonction de l'avancée des travaux. Non seulement ce passé devenait sien, mais cette maison inconnue devenait sienne. Elle voyait la grande table en pierre dehors entourée de ses cousins, enfants bruyants, chahuteurs. Elle imaginait sa grand-mère dans la cuisine, aux odorantes saveurs. Elle entendait les discussions animées, le soir, dans la grande pièce de vie, autour de la table rectangulaire en châtaigner. Cette maison devenait aussi sa maison de vacances.

Maison, ressuscitée par le récit.

Nous attendîmes l'été, ton grand-père et moi, avec impatience et grande inquiétude.

Nous partîmes, fin juin, dans les Cévennes, pour préparer la maison. Une personne du village nous aidait, pour les gros travaux. Faire les vitres, commençait à être fatiguant pour nous. Si la maison était en pleine fleur de l'âge, dix ans de projets, d'incubation et dix ans de travaux, nous, nous avions vingt ans de plus !

Au mois de juillet, il y eut des passages. Tes cousins avec des amis. Tes oncles, Jean et Hugo avec leurs enfants, passèrent le week-end prolongé du quatorze juillet. On évita de parler des vacances de Pâques. Personne ne se livra au traditionnel « Alors qu'avez-vous fait aux dernières vacances ? »

Nous attendions tout le monde, du premier au vingt août.

Le premier août fut enfin là.

Il y aurait des arrivées toute la journée. Nous avions préparé dans la cuisine d'été, dans une immense poêle, une paëlla gigantesque qui se tenait au chaud sur des braises surveillées par ton grand-père. Dehors, sur la grande table de pierre, à l'ombre du châtaignier, divers plats froids attendaient les arrivants qui auraient sans doute grand faim.

103

Tout était réuni pour des vacances de rêve. Le premier été sans travaux. La maison était là, rutilante, prête à accueillir ses enfants qui l'avaient faite ce qu'elle était, avec tout leur amour, leur temps libre, leurs efforts, leur désir. La maison familiale de rêve.

Tes oncles Jean et Hugo arrivèrent pratiquement ensemble. Jean et Hugo n'ont qu'un an de différence et ont toujours eu une place particulière dans la fratrie. Un peu comme des jumeaux aînés, toujours ensemble mais se disputant beaucoup, chapotant leurs petits frères. Ils partirent se changer pendant que leurs enfants déchargeaient les voitures et que les femmes discutaient. Ils arrivèrent en courant, Hugo plongea dans la piscine. Jean le rejoignit. Des éclats de voix « On ne plonge pas, tu dois donner l'exemple aux petits, c'est dangereux et tu le sais, tu ne peux t'empêcher de faire l'intéressant » Les chamailleries recommençaient. Hugo bouscula son frère, sortit de la piscine, ulcéré des remarques proférées, à haute voix, devant tout le monde, devant ses enfants. Jean sortit à son tour, ils se rhabillèrent, on servit l'apéritif, ils ne se parlèrent plus, ils s'évitaient.

Vers quatorze heures, à quelques minutes d'intervalles, Raphaël et ton père, Arthur, arrivèrent. Les deux fils de Raphaël arriveraient en fin d'après midi avec l'ainée de Jean, Claire. Ce soir, toute la famille serait réunie.

Les jeunes partirent faire un tennis à Chamborigaud, tout le monde s'installa dans ses appartements avant de venir se reposer autour de la piscine, en regardant les plantations qui s'étaient bien développées, en parlant de tout et de rien. Seuls, Jean et Hugo restèrent muets. Rafael, toujours taquin, se moqua d'eux, ce qui n'arrangea rien. Il se tut, tancé du regard par sa femme.

Ils arrivèrent du tennis, déçus, il n'y avait toujours qu'un seul cours, et de plus cet hiver ne l'avait pas arrangé ! Rafael leur lança qu'ils pouvaient peut-être faire autre chose que du tennis, ce qu'ils faisaient en ville toute l'année. On fait aussi de la piscine toute l'année, en ville, rétorqua ton plus jeune frère. La remarque de Lionel ne plut à personne. Jean sortit de son mutisme pour préciser que ces enfants étaient trop gâtés, quant à la piscine, c'était une idée d'Arthur, alors qu'il s'en prenne à son père… qui précisa tout de suite qu'il avait lancé l'idée, mais que tout le monde l'avait reprise.

On mit toutes ces petites altercations sur le compte de la fatigue, demain tout irait mieux, après une nuit de sommeil. L'arrivée de Claire avec ses deux cousins fit diversion.

Le repas du soir réunissait enfin tout le monde. Jean refusa de dire un mot pour ouvrir ces premières grandes vacances qui réunissaient toute la famille, dans la maison terminée. On se tourna vers ton grand-père. Il hésita, se leva, son visage était grave, il imposait le silence.

Nous avions eu la veille au soir, tous les deux, une discussion longue et importante sur le devenir de cette maison. Les altercations de la journée semblaient donner raison à ton grand-père qui n'était pas optimiste. Je tremblais de ce qu'il pouvait dire. Ce n'était sans doute pas l'envie qui lui manquait, mais comme à son accoutumé, il sut être diplomate. Il se refusait à jouer au pater familias, ses fils étaient grands, avaient tous des responsabilités dans la vie, qu'ils assument le devenir de cette maison. Après un long silence, il se détendit, et je me souviens encore, aujourd'hui, de ses paroles et du ton apaisant.

« Nous avons tous vécu de très beaux moments avec cette maison. Notre projet commun, irréalisable, mais rêvé pendant une décennie. Notre réalisation commune, possible grâce à tous nos efforts, financiers et sur le terrain, pendant une autre décennie. Ce passé heureux combla tout le monde, jusqu'à la satisfaction suprême l'été dernier de voir notre projet abouti, nous avions une maison familiale de vacances. Nous étions allés, tous, jusqu'au bout de notre rêve. Nous étions comblés. Maison qui nous réunit aujourd'hui.

Ce passé heureux, cette satisfaction d'un rêve accompli, personne ne pourra plus nous l'enlever, il est gravé à jamais dans nos mémoires. Merci à tous d'avoir permis à vos parents de vivre ces moments forts. Il reste maintenant le présent et l'avenir. Sachez qu'ils seront ce que nous pourrons en faire, mais que jamais ils n'effaceront le passé. »

L'émotion était forte. Les applaudissements résonnèrent joyeusement. Chacun revivait ses souvenirs heureux. L'atmosphère était redevenue légère, le repas se déroula dans la gaieté.

Le restant du séjour fut pénible pour tous. A l'image de la première journée. « Tu vois, me disait ton grand-père, tout allait bien tant que nous travaillions ensemble, tant que nous désirions ensemble, tout cela nous réunissait. Maintenant, ce qui ressort de notre vie en commun, ce sont nos différences. Nous ne pouvons vivre ensemble. »

Tout était sujet de discorde. L'éducation des enfants, les jalousies inévitables entre frères qui remontaient à la surface, les belles filles qui ne se supportaient pas toujours. Les ados qui s'ennuyaient, les adultes qui n'avaient plus grand-chose à se dire, chacun dans la vie ayant suivi un chemin différent. Qu'ils se rencontrent tous ensemble pour un repas de Noël, un anniversaire, oui, et ce serait sans doute avec un grand plaisir, mais vivre ensemble pendant des semaines, ce n'était plus d'actualité.

Il y avait aussi l'envie de vacances différentes, de voyages ; pour certains, le projet d'acheter un appartement ; pour d'autres d'investir dans un appartement locatif pour améliorer une retraite qui s'approchait. Et cette maison coûtait cher à la collectivité ! Il fallait l'amortir en y venant souvent. En y venant ou… en la vendant.

Elle ne savait plus qui avait lancé cette idée de vente, mais elle pensait que c'était dans la tête de tous, car il n'y avait eu aucune protestation.

Ce passé encore très présent, l'émotion suscitée par cette maison, étaient tels, que personne n'avait pu vraiment échanger sur cette idée de vente. La décision fut prise à la hâte, à l'unanimité, sans argumentation, comme quelque chose d'honteux qu'il fallait faire vite pour l'oublier encore plus rapidement. La maison fut vendue. On n'en parla plus.

Le secret douloureux de cette famille, échec collectif dont chacun supportait mal la   culpabilité, venait de sortir de l'ombre. Chacun portait en soi une part de douleur à la mesure de ces vingt ans de rêve. Echec, douleur, culpabilité qui pourrissaient toute relation ultérieure au sein de la famille. On se sentait coupable, tout en accusant aussi l'autre de n'avoir rien fait pour sortir de cette situation, et cette accusation que l'on portait à l'autre, on savait bien que l'autre vous l'adressait aussi.

Ce n'était pas seulement les dernières vacances qui avaient été vécues comme un cauchemar, la famille elle-même était cauchemar ! On ne se voyait plus que dans les grandes occasions, par obligation !

Mamie avait eu raison de commencer par « Il était une fois ». Elle avait eu raison de dire que c'était un conte ; mais dans un conte il y a toujours deux fins possibles. Dans ce conte la fin était malheureuse, dans le conte de Sophie, elle serait heureuse. Elle était la seule à pouvoir parler de ce secret douloureux, car elle était la seule extérieure au projet. Elle pourrait rappeler les sages paroles de grand-père qui avait tout compris. L'épilogue serait pour Noël prochain.

EPILOGUE

Au repas de Noël, Sophie, qui venait d'entrer dans le conte, avait en main le récit fabuleux de cette famille, en images. Elles avaient travaillé dur avec Mamie pour terminer à temps. Un album, que chaque famille allait recevoir, avec en couverture, la photo de la maison de rêve. Sophie se leva, présenta à la tablée, l'album. La photo imposa le silence. Véritable baguette magique.

- Il était une fois une famille qui décida envers et contre tout de s'offrir une maison de vacances, une maison de rêve. Vous connaissez la suite. Un véritable conte de fées.

On ne peut qu'être fiers d'appartenir à une telle famille, capable de mener à bien un tel projet, de réaliser un tel rêve. C'était bien ce que grand-père avait compris :

« … Ce passé heureux, cette satisfaction d'un rêve accompli, personne ne pourra plus nous l'enlever, il est gravé à jamais dans nos mémoires. Merci à tous d'avoir permis à vos parents de vivre ces moments forts. Il reste maintenant le présent et l'avenir. Sachez qu'ils seront ce que nous pourrons en faire, mais que jamais ils n'effaceront le passé. »

L'évocation de la maison, du Grand-Père, de ses paroles, par cette enfant qui ne les avait pas connus, les laissa tous, sans voix. Et c'est dans ce silence que résonnèrent ces paroles apaisantes.

- On ne peut qu'être fiers d'appartenir à une telle famille qui avait compris que la maison terminée, il fallait se tourner vers d'autres rêves pour continuer à exister. Un rêve réalisé ne pouvait qu'engendrer d'autres rêves, l'important étant de rêver. L'important étant de désirer.

Comme une bonne fée, Sophie venait de lever la malédiction qui pesait sur cette maison, sur cette famille.

Bonne route !

Virginie Nottola

« Bon, tout est prêt ? Vous n'avez <u>rien</u> oublié ? Les doudous ? Le pique-nique ? Les jeux ? Le GPS ? L'adresse de la loc ?
RIEN ? C'est bon ? Vous êtes sûrs ??? On peut y aller ? » Bien évidemment qu'on est sûr ! En même temps, Lui ne peut pas avoir oublié quoi que ce soit, car hormis son Ipad, il ne s'est occupé de
rien... Si, bon, à part la pression des pneus... Et l'installation du
coffre de toit, fraîchement acheté (une fortune), et qui nous a valu
trois week-ends d'entraînement intensif pour savoir comment le
hisser sur notre super Modus et l'enlever en un rien de temps. Et la
fixation des vélos à l'arrière de la voiture. Et le rangement du
coffre, naturellement. Puisque nous, bien évidemment, dixit Lui :
on est *incapable* d'optimiser un coffre de voiture. Et que comme
d'habitude (comme dirait CloClo), *on est trop chargé* ; que comme
d'habitude, *ça ne rentrera jamais.* Et comme d'habitude, tout est rentré. Tout le monde est donc bien installé. « Bien installé » étant
peut-être exagéré il faut l'avouer, en tout cas, prêt à partir en vacances ! 916 kilomètres à effectuer... Un 2 août. Autant dire que nous
nous préparons à un long, très long trajet... Mais au bout : la mer,
le mobil-home et le soleil ! Enfin... on y compte bien ! Bon, la mer
à priori, elle devrait être au rendez-vous. C'est rare qu'elle change
de place. Une petite marée montante ou descendante, tout au plus,
mais globalement, elle reste géographiquement dans le même coin.
Pour ce qui est du mobil-home, sauf tempête, tornade ou inonda-
tion, il devrait être là aussi. Quant au soleil, il a plutôt intérêt à y
être ! Parce que s'enfiler 916 kilomètres, entassés dans un Modus,
dernière version, OK, mais chargés comme des bourricots, on se
les fait pas pour se taper le même temps qu'à Paris à l'arrivée ! Mais
quelle idée on a eu de partir en vacances avec gosses, vélos, chien et
lapin ? Les vacances, on croyait que c'était pour se détendre non ?

On n'a même pas encore mis le contact qu'on est tendu comme une arbalète... Enfin, allez, c'est parti mon kiki, on ferme les portes tant bien que mal et on démarre !

Le GPS est déjà allumé, OK, on n'est jamais allé à Golfe Juan, mais pour sortir de notre quartier et rejoindre l'autoroute, y'a peut-être pas besoin. Déjà qu'elle va nous saouler, l'autre, avec sa voix mièvre, ses « prenez à gauche », « sortie imminente » et ses « faites demi-tour dès que possible », et jamais ni « merci », ni « s'il vous plait » en plus, alors on n'est peut-être pas obligé de se la farcir déjà, si ?! Bon, soit... Curieusement, à peine avons-nous fait dix minutes de route, le temps de sortir de notre commune en fait, que nous tombons sur un bouchon. Et pas le petit bouchon. Non. Le bon gros bouchon genre week-end du premier mai. Comme si toute la ville partait en vacances en même temps et dans la même direction ! Pourtant, on a été prévoyant : on s'est levé à trois heures du mat, pour partir à quatre. C'est fou ce que les gens peuvent être matinaux... Ah ça ! Quand il s'agit de partir en congés, tout le monde est debout aux aurores ! Par contre, quand c'est pour aller bosser, là ça traîne, ça joue les feignasses... Enfin bon, on a réussi à réveiller les enfants sans trop de drame et on les a collés dans la voiture en pyjama pour qu'ils puissent finir leur nuit. Évidemment, y'en a un qui a voulu son bib, comme si on avait le temps de s'asseoir sur le canapé pour lui donner son lait en lui caressant les cheveux (sinon, il ne boit pas), mais bon, complètement décalé le gosse, on lui a quand même donné son petit dej, du coup, à ce train-là, à neuf heures, va falloir lui filer sa purée de légumes... Bon, on avisera en temps utile. Pour le moment, on file ! Enfin, on file... comme on peut filer dans un embouteillage... La tension est palpable. Déjà. Dommage pour un départ en vacances...

Après avoir passé le péage (oui, après une heure trente de trajet), il semblerait que la route soit plus fluide. Bon certes, on a quand même perdu un petit quart d'heure juste à la barrière car il fallait lancer des pièces dans un panier, et manque de pot, les pièces jaunes que l'on gardait depuis des lustres en prévision des vacances, sont tombées à côté. Ah ça... papa c'est pas un bon viseur, c'est pas Tony Parker : aucun talent de basketteur. Comme il s'était rangé très près du panier (heureusement), trop près certainement, il était devenu impossible d'ouvrir la portière pour pouvoir sortir de la voiture pour ramasser les euros gisant sur le bitume. Il a donc fallu faire marche arrière pour se réajuster, en demandant du coup aux cinquante voitures qui nous suivaient de reculer pour que l'on puisse manœuvrer. Le temps que tout le monde comprenne... ben voilà, on a encore été retardé. Quand toutes les pièces ont pu être ramassées et mises enfin dans le panier, il manquait quinze centimes. On a donc dû négocier avec les gamins pour qu'ils nous avancent quinze centimes de leur argent de poche, qu'on devrait leur rendre au triple. Quelle bande de rats ces gosses ! C'est incroyable ! On leur donne des sous et ils nous font tout un cinéma pour nous avancer quinze centimes ! C'est beau non ? Où va le monde ? Notre monde ! On pensait leur avoir inculqué des valeurs, pffff….. Que dalle ! Ils nous racketteraient presque les salopards ! A cinq heures du mat ! Attends qu'ils aient claqué tout leur pécule au bout de deux jours, on va les voir venir nous supplier pour en avoir encore. Ils n'auront qu'à bien se brosser ! Ils vont ramer un maximum ! Ah ça ! Ils se souviendront d'avoir mis leurs parents mal à l'aise à une barrière de péage pour quinze centimes ! Bref...

Enfin, on dépasse les quarante kilomètres-heure ! On roule allègrement même ! Forcément, ça ne pouvait pas durer. Le petit, celui qui a pris son biberon, hurle tout ce qu'il peut. Son quota acceptable attaché dans son siège auto en voiture est dépassé, et il nous le fait bien savoir. Et pour se venger, il n'a rien trouvé de mieux que de nous refaire la voiture avec le biberon qui visiblement n'était pas encore digéré. Du coup, effet d'émulation, les deux autres en font autant. On s'arrête donc en catastrophe sur une bande d'arrêt d'urgence (la bien nommée) pour tenter de nettoyer les mômes et la voiture. Le chien, installé entre les banquettes, avait pourtant commencé le nettoyage (ça bouffe vraiment n'importe quoi un clebs), mais par souci de perfection, on préfère quand même peaufiner derrière. Beurk. Allez, on n'y pense plus, tout le monde remonte en voiture ! Et avec le sourire ! On part en vacances, nan ? Bon, on tente de détendre l'atmosphère en mettant leur CD de tubes... mais se taper Shy'm et autre Tal ou Zaz... très

113

peu pour nous. Ils ont des noms bizarres les chanteurs de maintenant, non ? Peuvent pas s'appeler Brian Molko, Matthew Bellamy ou Bono comme de vrais artistes?! Ils ont vraiment de drôles de goûts ces gosses... C'est à se demander ce qu'on leur apprend à l'école... Enfin... Que ne ferait-on pas pour avoir quelques instants de paix...

Quelques hits pourris et un mal de crâne carabiné plus loin, ça recommence : la marmaille, cette fois, a faim. Forcément, entre un qui a pris son biberon il y a quatre heures et qui l'a rendu de surcroît et les autres qui n'ont rien avalé depuis la veille, normal qu'ils aient faim. Et allez... on s'arrête de nouveau ! L'aire de repos est blindée de monde ! Incroyable ! Tout le monde part en même temps, s'arrête en même temps, va pisser en même temps, prend un café en même temps... Que l'humain peut être grégaire ! De vraies blattes ! (quoique de récentes études ont démontré que certaines espèces avaient tendance à se socialiser... mais là n'est pas le propos.) On trouve une place de parking pratiquement au niveau de la voie d'accélération pour reprendre l'autoroute tellement il y a de monde. On marche donc pendant au moins... bon, bref, c'est long pour rejoindre les toilettes et le café. Sans compter qu'évidemment, il y a la queue partout ! Un vrai calvaire ! On se répartit les rôles de façon vaguement équilibrée : groupe un : maman se rend aux sanitaires avec bébé dans les bras, sac à langer de trois tonnes sur l'épaule droite, sac à mains sur l'épaule gauche, la Petite dans la main droite, les doudous, tétines et couvertures dans la main gauche ; groupe deux : papa, l'Ado et Bouly ensemble. On change les petits, on leur rempli l'estomac (mais pas trop, on n'est pas maso non plus !) et hop, prêts à repartir ! Ah... Mais c'était sans compter l'Ado qui a eu la bonne idée de faire sortir Pinouille « pour qu'il fasse son pipi, lui aussi ». Sauf qu'un lapin, sur une aire d'autoroute... ça prend peur rapidement... Et le lapin quand il prend peur... pas facile de le rattraper... Déjà que quand il n'a pas peur il nous distance aisément, mais là... La Petite, inévitablement fond en larmes, et encore, fondre est un euphémisme. Elle se liquéfie complètement, imaginant déjà son Pinouille sous une voiture...

Mais non, papa va le rattraper, hein qu'il va le rattraper Pinouille ?
Papa a beau courir dans tous les sens, impossible de mettre la main
sur Pinouille. Ah ça... papa c'est pas Usain Bolt... aucun talent de
sprinter... C'est finalement un monsieur qui a réussi à nous le récupérer, car il s'était coincé dans la trappe de son camping-car. Un
miracle que ce monsieur soit allé vérifier cette trappe, on ne sait
pourquoi, et on s'en fout royalement ! Le tout c'est que Pinouille
soit retrouvé et entier ! L'Ado, qui s'est pris une mornifle au passage pour la peine, le remet dans sa cage et le reprend sur ses genoux pour finir le trajet. Encore 592 kilomètres, c'est rien ! C'est
vite passé ! C'est d'ailleurs peut-être pour ça qu'il a par inadvertance
lâché Pinouille ??? Pour être plus à l'aise pour le reste du chemin ?
Non, impossible ! Un ado de seize ans, haut de un mètre quatre-
vingt-huit, voyageant entre deux sièges auto, avec son petit frère de
dix mois à sa droite et sa petite sœur de quatre ans à sa gauche, ne
peut pas être aussi cruel avec le lapin qu'il doit tenir sur ses jambes,
dans sa cage, pendant 916 kilomètres ?! Impossible à croire ! A ce
rythme, c'est Bouly qu'il va lâcher au prochain arrêt ? Ou sa fratrie ? L'Ado est à surveiller de près...

Après plusieurs heures de route, la fatigue se fait sentir. Papa
toujours énervé invective tous les conducteurs qui osent le doubler
ou qui sont devant lui. Et un jour de grands départs, ils sont quel-
ques-uns... C'est une flopée d'insultes en tout genre, sans parler
des gestes qui les accompagnent et dont la Petite demande la signi-
fication dans le Code de la route. Son père l'envoie jouer avec sa
DS... sauf que malheureusement, on a bien pensé à la DS... mais
pas à la prise qui se branche sur l'allume-cigare ! La boulette ! Du
coup : plus de batterie, du coup, plus rien à faire, du coup, la Petite,
pour s'occuper, reproduit tous les signes que papa fait aux autres à
travers la vitre de la voiture ! Ils sont contents les gens de voir une
gamine de 4 ans les insulter !   Fatalement, à force de se faire
klaxonner, on se doute bien qu'il se passe quelque chose à l'arrière,
et la Petite finit par se faire engueuler. Et par pleurer. Elle réveille
évidemment Bébé qui avait enfin trouvé le sommeil et qui l'accom-
pagne de ses pleurs. L'Ado râle parce qu'on ne peut pas rouler dix
bornes tranquilles... Ambiance.

L'agréable atmosphère qui se dégage du véhicule est interrompue par un barrage de police qui nous somme de nous arrêter. Nous obtempérons, bien entendu, préférant éviter toute poursuite sur l'autoroute avec des motards à nos trousses. Papa, c'est pas Sébastien Loeb, on pourrait vite se retrouver dans un fossé... Et voilà : Alcootest ! En plein après-midi avec trois gosses à l'arrière, on a des têtes à rouler bourrer comme des cantines (ou ronds comme des queues de pelles, au choix) ? Bon, un samedi, sur les coups de deux ou trois heures du mat, on ne dit pas, mais là... quand même... On est donc confiants ! On présente tous les papiers demandés, ça a au moins le mérite de calmer les gosses qui scrutent la scène avec attention. Papa souffle dans le dispositif que lui tend l'agent... On attend... Positif ! Impossible ! Papa demande à souffler de nouveau jurant sur ses grands dieux qu'il n'a pas pris une goutte d'alcool depuis au moins vingt-quatre heures ! Re-positif ! Il se fait descendre de la voiture, monte dans le véhicule de police, les gosses sont fascinés. Le chien hurle parce qu'il a envie de pisser. Les voitures qui nous dépassent sont partagées entre la compassion et le « bien fait pour vous ! ». Mais comment est-ce possible ? C'est pas la cuite qu'on a prise il y a deux jours pour fêter notre départ qui fait encore effet ? Non, quand même ! Han ! Ça y est ! C'est à cause des pastilles au menthol avalées pour ne pas avoir mal au cœur suite à la dégobille du matin ! Ça ne peut être que ça ! Après que papa ait été contrôlé sous toutes les coutures, subit un interrogatoire et payé une amende de 850 €, il est autorisé à rejoindre sa famille... mais pas à reprendre le volant jusqu'à son procès pour conduite en état d'ivresse... Du coup, qui c'est qui reprend le volant...

Heureusement, c'est l'heure du repas ! Enfin, pas vraiment l'heure avec le retard qu'on a pris, mais là, il faut vraiment s'arrêter avant qu'on fasse tous un malaise ou une crise d'hypoglycémie. L'aire de repos approche : on s'y engouffre.... Comme les centaines de voitures qui ont eu la même idée. Impossible de s'y arrêter. Tant pis, on aura sûrement plus de chance à la prochaine qui n'est heureusement que dans trente-cinq kilomètres. (ça fait long quand même, surtout quand on a faim). Enfin la voilà : un pauvre parking minuscule, avec juste quelques sanitaires. Mais impossible d'aller voir s'ils sont propres ou non : pas la moindre place même une smart ne pourrait pas s'y garer. Même les motos ont du mal. On repart encore. La faim nous tenaillant les entrailles. Frisant l'hystérie générale à bord, on échoue lamentablement sur une aire d'urgence avec la petite cabine téléphonique orange pour seul agrément. Évidemment, il pleut sinon ce serait moins drôle. Et de toute façon, avec les véhicules qui nous frôlent et nous font trembler à chaque passage, il est exclu de sortir du véhicule. C'est donc entassés dans notre auto que nous nous restaurons enfin. A nous chips, sandwichs rillettes et autres œufs durs, sans oublier les tomates cerises pour que la ripaille soit parfaite ! On a même du dessert : filous tubes ou pom'potes ! On a du choix ! Sauf qu'avec toutes ces odeurs, plus celle du chien et du lapin (à croire qu'ils se sont lancés dans le concours de celui qui empestera le plus) ça devient vite irrespirable là dedans ! Et bien entendu, Bébé y va de sa participation en remplissant sa couche… Un vrai bonheur. On entrouvre les fenêtres histoire de ne pas finir asphyxiés, mais pas trop pour ne pas finir trempés par la pluie qui redouble. Ah ça ! Évelyne Dhéliat nous avait bien prévenus : on aura un mois d'août pourri ! Elle ne s'est pas trompée pour une fois… On se contorsionne tant bien que mal pour changer le petit et hop, on repart, repus après un tel festin !

Il fallait s'y attendre : après mangé, tout le monde s'endort ! Enfin la paix ! Ça fait du bien d'avoir un peu de calme : pas un qui râle, ni ne pleure ni même ne réclame : rien ! Et en plus, ça roule ! Même la pluie s'est arrêtée de tomber ! On profite donc de ce moment de répit pour se mettre notre compil' favorite incluant Michèle (Torr), Sylvie (Vartan) et notre préféré : Ringo ! Ringo, pas Ringo Starr des Beatles, non, non, Ringo, le vrai, avec son costume en velours vert et ses chansons à texte type « dites moi qui est ce grand corbeau noir » : un vrai régal ! Il commence à faire chaud, on voit qu'on a dépassé Lyon ! Ça sent le Sud (en plus des odeurs mentionnées plus tôt). On fait un stop quand même, rapidos, pour prendre de l'essence, ce serait un comble de tomber en plus en panne ! Les BAU, on les a assez utilisées pour aujourd'hui. Certes, nous ne sommes pas seuls à prendre de l'essence, mais vingt-cinq minutes pour faire le plein, un deux août, ça va ! On va mettre un peu de clim quand même, parce que bon, ça ne nous a pas coûté 628 € de réparation avant de partir pour ne pas l'utiliser ! Et plus ça va, plus il fait chaud. Et Pinouille et Bouly, quand il fait chaud, ils n'aiment pas. Ils respirent plus fort, plus vite, et c'est moyen pour notre bien-être à tous, compte tenu de la promiscuité du jour. Sauf que Pinouille, la clim, il l'a en plein sur lui. Finalement, l'Ado sera peut-être tranquille au retour…

Enfin le dernier péage ! Là tout le monde est réveillé et surexcité ! Normal, après douze heures de route et l'approche des derniers kilomètres, on ne se contrôle plus ! On a tous hâte d'arriver et de profiter enfin de ces vacances que l'on attend depuis des lustres ! Bon, reste toutefois à le franchir ce péage… La carte bleue ne passe pas comme un fait exprès. La poisse. Plus de monnaie. Impossible de remettre la main sur le chéquier… Que faire ? Laisser un des mômes en otage ? Fort heureusement, après moult recherches, après avoir vidé sac à main, sac à dos et sac à langer, cherché dans les boîtes à gants (qui devraient plutôt s'appeler boîtes à bordel), on finit par retrouver le ξ□¿ ≈ de chéquier qui s'était glissé entre deux couches. Évidemment, on se fait des tas d'amis (tous ceux qui ont choisi la même file que nous et qui sont coincés, derrière). On paie avec ce mode de règlement archaïque qu'est le chèque, mais bien contents de le trouver quand on n'a plus que ça… Et la barrière s'ouvre sur nos vacances, telle Sésame devant Ali Baba. Ça chante, ça rigole même à bord ! Il était temps ! Même sur les derniers kilomètres qui pourtant paraissent plus longs que tous ceux effectués jusqu'à lors. Inévitablement, on tombe dans les embouteillages propres aux stations touristiques en période de forte affluence, mais c'est pas grave. Ah ! Étonnamment, le GPS ne trouve pas l'adresse… On tourne. Une fois. Puis deux. Puis trois. Là, plus personne ne chante. On demande notre chemin à un autochtone qui s'avère en fait être un hollandais en vacances et qui ne comprend rien à notre requête. On roule… On va bien finir par tomber dessus ! Bon, d'accord, des « résidences de plein air » sur la

Côte, c'est pas ce qui manque, mais bon, où se trouve la nôtre ? Idée lumineuse : on se décide à téléphoner à la réception ! La dame nous raconte qu'effectivement les GPS ne trouvent pas car le site n'est pas encore répertorié... allez savoir pourquoi... Elle nous explique l'itinéraire comme si on était du coin : « vous voyez la boulangerie qui fait l'angle ? Ben c'est pas là, vous continuez, vous continuez, vous continuez (oui, on a compris), et là, vous tombez sur un éleveur de chèvres naines : STOP ! Vous tournez à gauche, pas à droite surtout hein, à gauche ! Et là encore, vous continuez, vous continuez, vous continuez toujours, et vous allez arriver à un carrefour, alors là, attention il y a une petite déviation parce qu'ils nous installent le tout-à-l'égout, donc vous suivez la déviation, toujours toujours, hein, vous suivez, vous suivez, vous suivez et quand il n'y a plus de panneaux, c'est là ! Alors par contre, on devrait déjà être fermé hein, comme indiqué sur votre réservation, on vous accueille jusqu'à 18 h, on a attendu, attendu, attendu (OUI, ON A COMPRIS !), mais là, il est 20 h 30... On veut bien vous attendre encore un peu, mais à 20 h 45, si vous n'êtes toujours pas là, on vous mettra une petite enveloppe à la réception avec un plan pour aller récupérer votre clé de mobil-home, hein ? » Autant dire qu'on n'avait pas franchement envie de se lancer dans un jeu de piste ce soir ! On allait donc le trouver ce camping et vite fait en plus ! Allez, on remet les gaz, on fonce, direction la réception via la boulangerie, la déviation et tout, et tout, avec au bout, notre clé et notre mobil-home ! On ne va pas abandonner si près du but ! Les mômes braillent, le chien n'en peut plus de se retenir, Monsieur nous dit qu'on n'y sera jamais dans les temps, mais on s'en fout : on trace ! Hors de question de s'avouer vaincu si proche de l'arrivée ! Tant pis si on se fait arrêter pour excès de vitesse, on rentrera en train, mais on y va ! Et bien, aussi incroyable que cela puisse paraître, on est arrivé pile au moment où la préposée aux clés était en train de nous mettre notre enveloppe coincée entre les volets de son bureau ! HA ! HA ! HA ! ON L'A BIEN EU LA GARCE ! Elle pensait nous avoir !!! Et ben c'est raté ! C'est nous qui l'avons bien eu ! Digne d'une épreuve de Fort Boyard notre histoire ! Bon, on a eu chaud quand même, il faut bien le dire... Mais on se voyait mal expliquer aux enfants et à Bouly qu'il allait falloir faire un tour en voiture à la recherche d'une petite clé de rien du tout… Une fois la caution versée (caution qui représente un mois de notre salaire tout de même… Qu'il n'y en ait pas UN qui abîme quoi que ce soit, sinon, on le trucide) (oui, on est un peu sur les nerfs au bout d'un moment), elle nous donne enfin notre fameux passe-partout et nous conte comment nous rendre à notre logis éphémère… Finalement, on va le faire ce jeu de piste. On déambule dans les allées du camping, et il n'y a rien qui ressemble plus à un mobil-home qu'un autre mobil-home, pratique pour trouver le sien… Ils auraient pu faire preuve d'imagination et les peindre tous de couleurs différentes ! Ou même avec des fresques, les personnaliser un peu… Eh bien non ! Tous blancs. Aucune originalité. Bref… Après avoir écumé tous les sentiers, on tombe enfin sur le nôtre. Bizarrement, il est blanc. Dingue non ? Bon, on s'en fout ! On est ENFIN arrivés !!!! On n'y croyait plus ! Allez on débarque tout : les gosses, les bêtes, les bagages, le parc, les jouets, les vélos, la bouffe (heureusement qu'on avait prévu, parce que c'est pas à cette heure avancée qu'on aurait pu trouver une supérette pour acheter de quoi nourrir notre petite famille affamée)… On visite les lieux… c'est formidable ! Un tout petit peu plus grand que la Modus, au moins on ne sera pas dépaysé ! On a tout de suite nos repères. C'est mieux. Et puis, si y'a un des gosses qui se retourne dans son lit la nuit, on l'entendra, pas de doute là-dessus. Bon, eux devraient nous entendre aussi pour le coup. Donc ce sera ceinture pour les deux semaines à venir. Nous qui comptions sur les vacances pour nous « retrouver » un tantinet… Parce que c'est pas le reste de l'année qu'on a le temps pour la bagatelle. Même plus une petite sieste crapuleuse. Mais bon, on n'est plus à quinze jours près. Au pire, quand les enfants seront à la piscine, on trouvera bien cinq minutes pour… Bon, une fois le mobil-home rempli (et à cinq, plus Bouly , plus Pinouille, il est vite bondé), on s'affale sur le sofa. Enfin, sur la banquette quoi. On ne se prélasse pas longtemps déjà parce que niveau confort on serait limite mieux sur une chaise en bois, mais il faut vite déballer le lit parapluie pour Bébé qui n'en peut plus de son siège auto et qui a pris la forme du Cosy. (Pourvu qu'il reprenne son aspect initial…. Allongé, il devrait pouvoir se déplier.) Ah, sauf que le lit parapluie ne passe pas entre les deux lits du placard, heu… de la chambre. Lits qui sont eux-mêmes fixés au sol des fois qu'il nous viendrait à l'idée de les voler et de les foutre dans la Modus ! (on ne voit pas bien où, mais bon…). Bref, le lit parapluie sera donc installé dans la salle polyvalente (qui fait office de cuisine, salon, salle à manger et suite parentale). Certes, il faudra faire silence total à partir de 20 h 30 tous les soirs, mais on ne va quand même pas le mettre sur la terrasse ! A moins que le lit ne rentre dans le coffre de la Modus ? On essaiera demain, pour ce soir, ça fera l'affaire. Ah, il faut aussi faire l'inventaire parce que s'il manque ne serait-ce qu'une petite cuillère, elle va entendre parler du pays madame-je-fais-des-jeux-de-pistes-aux-clients-pour-qu'ils-retrouvent-leur-clé-après-quasiment-1000bornes… Alors, on mangera notre boîte de raviolis après, mais pour le moment, on compte tout ! Les assiettes, plates, creuses, à dessert, les verres, les couverts, les coquetiers : TOUT ! (D'ailleurs, qui va bien pouvoir manger des œufs à la coque en plein mois d'août pendant les vacances ? passons…) OK… ça va… il ne manque rien, même pas l'essentiel : le tire bouchon (évidemment, on avait apporté le nôtre au cas où, mais, on ne va pas l'user, on prendra celui d'ici). Niveau ménage… OK, ça va, quand on sait ce que ça va devenir d'ici 24 h après le retour de la plage, les douches, le chien qui va rentrer les pattes pleines de sable, le lapin qui aura foutu de la sciure partout, les enfants qui…. On ne préfère pas y penser, et on prend chaque pièce en photo pour pouvoir le rendre nickel ce mobil-home et récupérer notre caution…

Coup de fil. Les enfants découvrent fascinés qu'ils peuvent faire pipi la porte ouverte tout en nous regardant dans la pièce principale. C'est fantastique cette promiscuité ! Ça va être super de se retrouver en famille comme ça ! Tout le monde écoute donc la conversation et tente de choper quelques mots. Papa devient livide. Visiblement, c'est pas une bonne nouvelle. Pas besoin d'être Élisabeth Tessier pour le deviner. Non seulement il est blême, mais il ne parle pas, il se contente de faire « Hummm… » Bizarre. Il raccroche. On attend tous. Que va-t-il bien pouvoir nous annoncer ? « Pépé est mort, il faut rentrer ». Hein ? Ah non ! Pas déjà ?! Ben apparemment si, déjà… A peine arrivés, il va falloir qu'on recharge tout et qu'on refasse les 916 kilomètres en sens inverse… ? C'est pas possible ! Bon, on peut peut-être s'arranger… En plus, Pépé, c'est pas vraiment notre Pépé… C'est quand même le troisième mari de Mémé, il n'y a aucun lien de sang… à peine un lien affectif… Et puis, les enfants ne l'aimaient pas trop… si ? Ah, mince… Bon, bon, ben sinon, on peut faire deux groupes ? Un groupe de ceux qui veulent aller voir Pépé (enfin ce qu'il en reste), et un groupe qui préfère ne pas priver les enfants de vacances. Et Bouly a besoin de se dépenser aussi ! On ne va pas lui faire refaire 916 kilomètres ! Parce que sans quoi, on pourra l'enterrer avec Pépé au retour ! Bon, allez c'est dit : ce sera deux groupes ! Le groupe de papa et le groupe de maman avec Bouly, Bébé (bébé n'a jamais rencontré pépé de toute façon…), Pinouille, l'Ado et la Petite qui finalement tout bien pesé, préfèrent quand même la perspective d'aller à la piscine qu'au funérarium… Surprenant non ? On garde malgré tout papa pour la nuit et dès demain, on l'emmènera à la gare pour qu'il puisse prendre le premier train. C'est quand même pas de chance… Il y a 365 jours dans l'année, faut que Pépé choisisse le deux août pour faire des siennes ! Si c'est pas fait exprès ça… ?

Vacances d'enfer !

Tristes tropiques

Jean-Marie Palach

Tassée sur mon siège, dans le RER, je voyais la pluie tomber sur les communes de la banlieue nord, une pluie inhabituelle en juillet, drue, cinglante. Des traînées obliques glissaient sur les vitres et masquaient un horizon sombre, menaçant. Des nuages noirs roulaient sur une mer grise, s'ouvraient et noyaient les HLM et les pavillons sous un déluge glacial.

Engoncée dans un imperméable, je me réjouissais égoïstement de la météo pourrie qui désespérait les Franciliens depuis dix jours. Et les prévisionnistes n'annonçaient aucune amélioration à court terme. J'avais bien fait de réserver deux semaines de vacances, à l'autre bout du monde, en cédant enfin aux suppliques de mes grands-parents. Mon séjour à l'île de la Réunion s'annonçait sous les meilleurs auspices. Là-bas, j'avais la certitude de bénéficier de la douceur ensoleillée d'un hiver tropical et des températures clémentes de l'Océan Indien. J'alternerai les randonnées dans des paysages édéniques et de longues baignades, au milieu des poissons multicolores, en évitant toutefois les coins fréquentés par les requins croqueurs d'hommes. En cette saison, le mercure n'affichait jamais moins de 28 °C sur les plages de l'Est de l'îlot volcanique, rien à voir avec les 15 °C auxquels culminait le thermomètre de mon studio parisien, au cœur de l'été métropolitain. Aux locataires qui réclamaient le rétablissement momentané du chauffage, en raison des conditions climatiques exceptionnelles, le gérant de l'immeuble opposait toutes sortes d'impossibilités techniques. En réalité, il pariait sur un retour rapide à la normale, mais la vague de froid s'incrustait et lui donnait tort. Nous gelions, à tous les étages, forcés de ressortir les couettes des armoires.

Mes vacances australes m'arracheraient à la misère ambiante. J'en avais bien besoin. Ma météo personnelle frisait aussi le désastre. Au boulot, je tournais en rond. J'étais devenue une référence dans ma spécialité, l'organisation d'évènements pour des clients privés ou publics : colloques, assemblées générales, congrès. La boîte de communication qui m'employait se réjouissait de me compter dans ses effectifs. Mes patrons louaient mes qualités, mon sens affirmé de la gestion, du contact, des affaires. A tous, j'offrais l'image d'une experte austère et particulièrement efficace. Mais, à trente-cinq ans, l'enthousiasme de mes débuts s'était largement émoussé. Je ne me voyais pas poursuivre mon activité jusqu'à la retraite. Certes, la satisfaction des clients me touchait, la reconnaissance de mes supérieurs me flattait et les primes rondelettes qu'ils m'accordaient gonflaient opportunément mon compte en banque, mais j'aspirais à autre chose. Les boss ne voulaient pas en entendre parler. Ils prenaient mes désirs de changement pour des lubies et me renvoyaient à l'organisation d'un nouveau congrès, en me gratifiant de quelques milliers d'euros supplémentaires, en guise de réponse.

Bref, j'étais dans l'impasse. Je commençais sérieusement à envisager de changer d'entreprise, ou, plus radicalement de voie, histoire de retrouver un challenge, une motivation, un plaisir que j'avais perdus.

Sur le plan sentimental, j'étais également dans l'expectative. Maxence, le beau blond qui avait, huit ans plus tôt, fait irruption dans ma vie la veille du jour de Noël - ça ne s'invente pas - s'avérait à la longue un cadeau moins somptueux que je ne l'avais imaginé. Il avait surgi au détour d'une allée de Toy'sRus, les bras chargés de jouets, achetés hâtivement pour ses neveux et nièces. Au même moment, je fonçais vers la caisse, après avoir raflé un nombre faramineux de gadgets électroniques dernier cri destinés à satisfaire les mouflets de mes deux frangines, lors du traditionnel réveillon concocté par nos parents. Comme d'habitude, mon patron ne m'avait lâchée qu'à la dernière minute et je luttais contre la montre, en calculant que j'aurais à peine le temps de me doucher pour effacer les stigmates les plus apparents de ma journée d'enfer. Aux yeux de la famille, je me devais de demeurer la petite dernière, une

126

poupée éternellement jeune, fraîche, disponible, sans autre préoccupation que celle d'entretenir son joli minois.

C'était sans compter sur Maxence et sa course effrénée en direction du rayon des gadgets électroniques. Le choc fut terrible. Après la collision, des objets fusèrent dans les airs tandis que nous chûmes, lui sur le dos, moi sur mon séant, que j'avais à l'époque un peu remplumé. La surprise passée, je constatai les dégâts. Des employés s'approchaient, inquiets. *A priori*, je n'avais rien de cassé. Mais une rage soudaine m'avait envahie et je m'apprêtais à agonir d'injures l'abruti qui avait d'un geste brisé les jouets de mes neveux et ruiné mon réveillon.

L'abruti en question s'était prestement relevé et m'avait tendu une main secourable. Son élégance avait amoindri ma vindicte. Pas totalement cependant. J'allais tout de même lui river son clou de quelques vérités bien senties. Pour cela, je l'avais fixé dans les yeux, les sourcils froncés et c'est là que j'ai plongé.

Il me regardait avec ses grands yeux bleus ouverts sur une âme pure, l'air uniquement préoccupé par les conséquences de ma chute.

- Désolé, a-t-il articulé d'une voix douce, j'aurais dû faire attention. Vous n'êtes pas blessée ?

Je ne l'étais pas, ou uniquement dans ma fierté, me sentant vaguement ridicule, les fesses plaquées sur la moquette usée. Rassuré sur mon état de santé, il ajouta :

- J'espère que vos jouets sont intacts.

Et, joignant le geste à la parole, il entreprit de récupérer les babioles qui m'avaient échappé des mains, ignorant celles qu'il avait lui-même généreusement semées. Il examinait méticuleusement chaque pièce, jaugeait les dégâts et constituait trois tas : l'un pour les cadeaux intacts, un deuxième pour ceux légèrement abîmés et le dernier pour ceux à jeter.

Pendant qu'il s'affairait, je l'observais. Ses cheveux dorés tombaient en boucles sur un front haut, léchant de fines lunettes d'intellectuel derrière lesquelles son regard pétillait. Mince, il avait de larges épaules, la taille fine. Sa silhouette sportive me fit immédiatement penser aux fresques représentant les Crétois de l'Antiquité, élancés, le nez droit, le buste fièrement dressé. Ma colère avait disparu, j'étais sous le charme. Lorsqu'il se décida enfin à s'intéresser à moi, je compris que je ne laissais pas indifférent et j'en profitai pour lui glisser une carte avec mon numéro de téléphone, sous le prétexte futile de faire le point, plus tard, sur nos préjudices réciproques.

Il m'a rappelée le lendemain. Notre relation fut d'abord géniale. Maxence m'invitait à partir en week-end à Venise, Prague, Dublin, Tallinn. Puis il disparaissait de mon écran radar pendant une, deux ou trois semaines, avant de m'enlever pour une nouvelle destination exotique.

Ce mode de vie se mariait admirablement avec mes horaires surchargés et ma soif d'indépendance. De mon merveilleux amant, je ne goûtais que le versant ensoleillé. Les promenades en gondoles, les dîners aux chandelles et les escapades romantiques sur les bords de la Baltique me révélaient un être cultivé, attentionné et sensible. Je n'avais pas à gérer les lendemains de fête, les chaussettes sales, les chemises tâchées ou les désagréments gastriques. Mon cavalier s'évanouissait dans la nuit, tel Zorro, avant que notre intimité vire à la promiscuité.

Hélas, toute médaille a son revers. Ma mère s'étonnait de ne jamais recevoir le garçon dont je vantais les mérites. Mes sœurs échangeaient des regards énigmatiques dans lesquels je devinais un soupçon de moquerie, lorsque j'évoquais son ombre. Maxence ne souhaitait pas partager mes agapes familiales, pas plus qu'il ne me conviait aux siennes. Mes quelques amies n'eurent pas non plus la chance de faire sa connaissance. Il refusa de les rencontrer. Elles conçurent des doutes sur la réalité de l'amoureux dont je leur brossais – intentionnellement, je dois l'avouer – un portrait flatteur de nature à les rendre jalouses. Ma stratégie fonctionna. En retour, lorsqu'après des années de relation fusionnelle alléguée, je ne fus toujours pas capable de leur montrer le bout d'une oreille d'un supposé prétendant, elles se gaussèrent, convaincues que ma mythomanie avait accouché d'un pseudo-Maxence.

L'affaire laissa des traces. J'abandonnai à leur satisfaction de vieilles filles acariâtres ces amies imparfaites et me retrouvai seule, aux prises avec un boulot qui ne me satisfaisait plus et choyée par mon immense amour, mais d'une manière intermittente. Maxence appréciait nos arrangements. Après des années de fréquentation, il ne manifestait aucune intention d'envisager autre chose : une vie à deux, dans un appartement commun et pourquoi pas, des projets d'enfants.

Non, le vil séducteur se complaisait dans son rôle de prince de contes de fées, débarquant à la tombée de la nuit et s'évaporant avec la rosée du matin. Je me lassai de nos fulgurances et espérai secrètement que nous adopterions un modèle de couple plus classique, certes moins flamboyant, mais qui aurait l'avantage de m'apporter une stabilité affective et de rassurer mon entourage familial.

Que nenni, mes tentatives pour orienter mon amant vers un comportement plus conforme à mes vœux se heurtèrent à un silence poli. Le bougre ne voulait pas renoncer à son confort. Pratique, pour lui, de mener sa barque à sa guise, hors de portée des interrogations légitimes que la femme la plus amoureuse finit par se poser. Son mutisme m'irrita au point que je décidai de partir en vacances sans lui. En juin, une publicité promit des billets bradés pour l'île de la Réunion. Je songeai à mes grands-parents. Ils vivaient dans cette île de l'Océan Indien et m'imploraient pour que j'aille les voir. C'était l'occasion. Je ressentais la nécessité de prendre du champ, de m'éloigner de Maxence et de mon travail, afin de réfléchir. Sinon, je risquais de m'enliser dans un marais dont je ne ressortirai jamais, ou trop tard.

Voilà les pensées qui m'assaillaient, alors que je marchais en direction du terminal F de l'aéroport Charles-de-Gaulle, tirant ma valise à roulettes. Derrière les parois translucides, les bourrasques de vent agitaient les parapluies brandis par les aspirants à l'envol, à peine descendus d'un taxi. Avant de décoller, je formulai un vœu : que la pitoyable météo se prolonge encore deux semaines et ensevelisse sous les frimas Maxence, mes patrons et mes ex-amies, tous coupables de mon insatisfaction actuelle. Puis, je me tournai résolument vers l'avenir. Outre du soleil à gogo, j'avais la certitude de retrouver des grands-parents qui m'adoraient, de quoi panser mes plaies et me redonner du tonus.

Mes vacances commençaient.

L'avion s'arracha péniblement d'une piste détrempée. Les trajets aériens m'effraient. Je crains à chaque fois l'explosion de l'appareil ou un amerrissage risqué et je prie, au décollage et à l'atterrissage, prostrée, les mains serrées sur mon sac à main, un journal, une serviette ou n'importe quel objet suffisamment malléable pour supporter la pression de mes phalanges. Le pilote se présenta et nous garantit une traversée sereine. Julien Donatori était sans doute un habitué des voltiges au firmament. A peine avait-il terminé son message de bienvenue qu'il esquissa un brusque virage sur l'aile droite et nous inclina sur le côté, s'aperçut qu'il avait exagéré, corrigea illico la trajectoire et rétablit sa monture à l'horizontale, après une série de soubresauts, non sans conséquence.

A côté de moi, Adrien, un gamin de trois ans que son père couvait d'un regard inquiet, donna raison au paternel en vomissant d'un coup le contenu d'un estomac bien rempli sur mes genoux. Je venais de les dégager en rangeant dans le filet ad hoc la serviette qui les protégeait. Une réaction en chaîne se déclencha, similaire à celle observée lorsqu'un neutron cause la fission d'un atome, produisant un plus grand nombre de neutrons qui à leur tour causent d'autres fissions et, à la fin, une explosion atomique. Sans atteindre ces sommets, nous fûmes quatre emportés dans la tourmente, le père du chérubin, les deux passagers placés à ma droite, et moi-même. Une odeur pestilentielle de vomi emplit l'habitacle. Les turbulences interdisaient au personnel de nous porter secours. Le père essuyait maladroitement son mouflet, tout en continuant d'hoqueter et de rejeter quantité d'aliments non encore complètement digérés mais déjà macérés dans un suc bilieux identifiable. Le marmot, que cette avalanche de déglutitions incommodait, se mit à brailler, ajoutant une touche sonore à la scène d'anthologie.

Quand le virtuose des airs eut réussi à stabiliser son bolide, un steward nous offrit de l'aide. Grâce à son habileté, une halte prolongée aux toilettes et deux bouteilles d'eau, je parvins à récupérer un aspect presque convenable, à condition de ne pas me renifler de trop près. Adrien eut la bonté de s'endormir. De même que son père, qui s'avéra malheureusement un ronfleur d'élite. Bercée par son ronflement irrégulier, le ronronnement des moteurs et le gazouillis de la fillette du siège de derrière qui donnait à intervalles réguliers des coups de pied dans mon siège, je sombrais bientôt dans un sommeil agité.

Au petit matin, la voix du commandant Donatori me réveilla. Les onze heures de vol n'avaient pas entamé son dynamisme. Il nous signala la présence de baleines que nous pouvions apercevoir, avec un peu de chance, dans les flots argentés de l'Océan Indien, non loin de la côte, et amorça une de ces manœuvres dont il avait le secret, vira sur la droite, renversa son pur-sang et réussit malgré tout à nous conduire à bon port. Personne ne moufta. Au lieu de la salve d'applaudissements qui salue d'ordinaire la maestria du pilote, un silence de cathédrale suivit l'atterrissage. La plupart des touristes cogitaient sur les moyens d'échapper au kamikaze, lors du voyage de retour. Sinon, il faudrait opter pour un séjour définitif dans l'île, une perspective certes séduisante, mais peu réaliste.

131

Je fus une des premières à atteindre la salle où nos valises devaient circuler sur un tapis mobile. La mienne était verte, un choix délibéré destiné à m'épargner les hésitations. Presque toutes les autres étaient noires, marrons ou rouges. Des passagers postés en retrait écartaient sans ménagement ceux qui se pressaient près du tapis, saisissaient une valise et la reposaient plus loin, dépités. Elle ressemblait à s'y méprendre à la leur, mais ce n'était pas la leur. Ils avaient risqué un incident pour rien. Voilà à quoi les menaient leurs achats moutonniers. Avec ma valise verte, certainement unique en son genre, j'étais tranquille.

Je n'eus pas l'occasion de vérifier la justesse de ma théorie. Aucune valise verte ne daigna apparaître sur le maudit tapis. Quand le dernier bagage fut emporté, je m'en inquiétai auprès du personnel de l'aéroport. Un responsable se confondit en excuses, me fit remplir un formulaire et m'assura que la valise me serait livrée dans les vingt-quatre heures. J'enrageais, j'étais contrainte de me présenter à mes grands-parents habillée de vêtements souillés, une disgrâce malvenue au moment de célébrer des retrouvailles.

Dehors, le spectacle grandiose de l'île me requinqua. Au-dessus de Saint-Denis, je distinguai les paysages de montagne, couverts de végétation. A ma droite, l'océan s'étendait à perte de vue. Des essences parfumées flottaient dans l'air, que je n'étais pas capable d'identifier. J'avais loué une voiture depuis la métropole. En quelques minutes, j'accomplis les formalités indispensables et mis le cap sur La Ravine à Malheur, le berceau de mes ancêtres réunionnais, le lieu-dit où mes grands-parents avaient choisi de finir leur existence, isolés dans un nid d'aigle, à l'écart de la ville.

Le portail du 181, chemin départemental 41, commune de La Possession, était grand ouvert. Je m'engageai dans l'allée pentue, entre deux murs fleuris de bougainvillées et montai jusqu'au pied de la maison. Mon cœur palpitait. Je me doutai que mes grands-parents avaient bien vieilli, mais je n'imaginais pas que ce fût à ce point.

Le visage de ma grand-mère, Eulalie, avait doublé de volume. Le côté droit avait considérablement gonflé. Elle tentait de dissimuler l'hypertrophie sous ses cheveux, qu'elle avait conservés souples et soyeux. Plus tard, elle m'expliqua qu'un implant dentaire avait provoqué ce malencontreux phénomène. Elle avait jusqu'à présent refusé une opération que les chirurgiens estimaient délicate. Malgré ce coup du sort, elle gardait sa bonne humeur et sa vitalité proverbiales. Elle m'embrassa et me serra à m'étouffer.

- Ma petite fille chérie, comme tu es belle ! Tu as fait bon voyage ?

- Oui, répondis-je sans hésiter.

Lui conter mes misères ne présentait pas grand intérêt.

- Où sont tes bagages ?

Je lui narrai ma mésaventure. Elle rit. L'épisode s'était déjà produit. En règle générale, les personnels de l'aéroport livraient les valises manquantes le lendemain. Dans l'intervalle, elle me prêterait les vêtements d'une cousine qui avait à peu près ma taille. Elle ajouta, en se pinçant le nez.

- J'ai l'impression que tu seras heureuse de changer de tenue.

Ainsi fut fait. Elle m'installa dans l'appartement du rez-de-chaussée de leur spacieuse villa, cent mètres carrés pour moi toute seule, voilà qui me changeait de mon studio. Je m'étonnai de l'absence de mon grand-père, Germain. Elle hésita, puis leva les bras au ciel.

- Le pauvre, il dort.

- Pourquoi le pauvre ?

- Il est bien diminué, après une nouvelle attaque, ta mère ne t'en a pas parlé ?

- Non, elle ne me dit jamais rien.

- Je sais, mais elle savait que tu venais nous voir, tout de même !

A mon tour, j'hésitai. Certes, j'avais informé mes parents de mon intention, mais en coup de vent, à la va-vite, à la fin d'une conversation téléphonique, histoire qu'ils ne m'assomment pas avec leurs sempiternelles recommandations et la liste interminable des gens de la famille à visiter. Pas étonnant que ma mère n'ait pas eu le temps de s'attarder sur l'état de santé de mon grand-père.

Eulalie n'insista pas. Un gémissement nous parvint du premier étage.

- Il vient de se réveiller, j'y vais, lâcha ma grand-mère en se précipitant dans l'escalier.

Je la suivis. Germain tourna vers nous une tête décharnée, anguleuse. Les os saillaient sous la peau. Je pris sur moi pour me pencher vers lui sans manifester ma surprise. Je l'avais toujours connu fort, sûr de lui, inspirant le respect. Ma mère, sa fille, l'aimait et le craignait. Mon enfance avait été bercée de ses exploits. Quand ma mère voulait nous impressionner, mes deux sœurs et moi, elle invoquait la statue du patriarche.

- Si mon père était là, vous recevriez une bonne fessée !

Pourtant, elle ne lui reprochait pas les mauvais traitements prétendument subis. Elle citait fièrement son nom, ses innombrables activités, les livres qu'il avait écrits, sa Légion d'honneur.

Plus qu'un membre de la famille, c'était un personnage mythique.

Peu de choses à voir avec le vieillard dont je touchais la peau rêche, mal rasée, en l'embrassant. Il me fixa, l'air perdu. Eulalie le renseigna.

- C'est Noémie, la fille de Florence.

- Ah ? réagit-il, avant d'ajouter : « Je suis à l'agonie, je vais mourir ».

- Mais non, tu ne vas pas mourir, contesta son épouse, pas tout de suite ! Le médecin te l'a encore dit hier. Tu es solide comme un roc !

- Pff ! objecta-t-il, avant de clore l'entretien, les yeux fermés.

Les fringues de la cousine m'allaient comme un gant. Évidemment, elles ne correspondaient pas à mes goûts. La collection de shorts affriolants frappés d'un cœur rouge sur la fesse droite et de tee-shirts orange vif portant, au niveau de la poitrine, l'inscription : « Touche pas à mes potes » traduisaient l'esprit potache de ma parente. Un humour qui m'était étranger. Mais, dans un pays où je ne connaissais personne, cette gentille provocation n'altèrerait pas mon image.

Mon aïeule m'entoura de son attention. Cependant, son époux la mobilisait constamment. Elle l'accompagnait aux toilettes, changeait ses couches, nettoyait son dentier, le nourrissait, veillait à ce qu'il soit convenablement calé devant la télévision et utilisait l'essentiel de la journée à nettoyer la nourriture et les papiers qu'il semait au cours de ses rares escapades hors de son fauteuil favori. Une vraie galère. En retour, il se limitait à son lancinant :

- Je vais mourir, je suis à l'agonie.

Un vrai tube, une antienne, une scie, un refrain asséné du matin au soir. De quoi décourager l'âme la plus méritante. Pas Eulalie. Stoïque, elle se coltinait le malade sans se plaindre, convaincue que son état de santé s'améliorerait prochainement. Ou feignant de l'être.

Ma valise n'arrivait pas. Je téléphonai à l'aéroport de Saint-Denis. De nouveau, un responsable s'excusa. Le personnel déployait des efforts considérables pour mettre la main sur mon bagage. Les recoins les plus reculés de l'aérogare avaient été fouillés. Les salles avaient été passées au peigne fin. Grâce au safari que je leur avais imposé, les agents avaient exhumé quantité d'objets considérés comme perdus.

Pas ma valise.

A la voix désolé de mon interlocuteur, je compris qu'il fallait désormais envisager l'irrémédiable. Bien sûr, je pouvais exiger un dédommagement.

Cela me faisait une belle jambe. Au propre comme au figuré. Les shorts ajustés de ma cousine mettaient en valeur mes jambes longues et raisonnablement musclées. Et je m'habituais à la caresse du cœur rouge sur ma fesse droite. La glace me renvoyait l'image d'une fille jolie et sexy. Toutes choses que je cachais en métropole, sous des habits amples, asexués, sauf quand j'étais avec Maxence.

Ah celui-là ! Je m'efforçais de ne pas penser à lui. Sinon, la tristesse et l'irritation me submergeaient. Il serait bien temps de m'en aviser au retour.

Après cinq jours à paresser et recharger mes batteries, je me sentais en forme. Eulalie m'incita à profiter de la plage.

En début d'après-midi, je roulais donc en direction de Saint-Gilles-les-bains, l'endroit de l'île réputé pour son lagon et ses étendues de sable fin. Sous les filaos, des couples de touristes se prélassaient, face à l'immensité de l'océan, tandis que des familles réunionnaises avaient pris position dès le matin pour un pique-nique qui durerait jusqu'à la nuit. Des bambins aux grands-parents, tous les âges coexistaient autour d'une marmite de riz et d'un succulent carry de poulet, ou d'espadon, dont les arômes suaves me titillaient les narines.

A peine avais-je déplié ma serviette qu'une voix familière me héla. Je me retournai. Benjamin Smala, un milliardaire dont l'empire s'étendait de la vente de chaussettes de laine à la construction de paquebots de croisière, me souriait, incrédule. Chaque année, je réservais pour lui le palais des congrès de la Porte Maillot et deux-cents chambres à l'hôtel Méridien. Nous avions bouclé l'organisation de son assemblée générale annuelle, prévue en septembre, juste avant mon départ. C'était le plus gros client de ma société. Sur tous les plans. Une bedaine conséquente débordait d'un maillot de bains minimaliste. L'obèse sexagénaire ne souffrait d'aucun complexe. Il s'approcha en creusant des traces profondes dans le sable.

- Noémie ! Il me semblait bien vous avoir reconnue. Je ne m'attendais pas à vous revoir aussi tôt ! Quel plaisir !

Je me retins de lui rétorquer que le plaisir n'était pas partagé. Il me claqua deux bises inhabituelles, considérant sans doute que notre statut de vacanciers autorisait cet écart, puis lorgna l'inscription sur mon tee-shirt.

- Amusant ! Je vous croyais plus coincée ! J'adore !

Il en bavait d'envie, le salaud. Son regard de limace velue s'attardait sur mes courbes. C'était trop. Je ramassai ma serviette et prétextai une course urgente. Cela ne le découragea pas.

- Ce n'est que partie remise. Je vous attends à seize heures au Saint-Alexis. J'ai eu des idées depuis notre dernière rencontre et je voudrais aussi vous parler d'un autre projet qui vous intéressera, un gros budget !

Message reçu. Difficile de refuser. Cela reviendrait à signer mon arrêt de mort professionnel. Pas encore prête. D'accord pour le Saint-Alexis, le meilleur hôtel de l'île, et le plus cher, à la mesure du personnage. J'acquiesçai et mis le cap sur une autre plage, en priant pour qu'un autre client, ou patron, ou voisin, n'y goûte les joies d'une bronzette tropicale. En m'éloignant, je sentais le poids du regard libidineux de Smala sur mon postérieur, collé au cœur rouge qui devait l'émoustiller au plus haut point.

A l'heure convenue, je rejoignis le magnat. Il me fit un signe joyeux, un énorme Monte-Cristo aux lèvres. Entre-temps, j'avais investi dans un pantalon et un chemisier sans fantaisie. Il remarqua ma transformation.

- Vous avez opté pour une tenue plus sage ? L'autre vous allait à merveille !

- Réservée à la plage !

- Bon, tant pis, voilà ce dont je voulais vous parler.

Et il parla, longuement, puis m'interrogea. Lorsqu'il m'observait, ses yeux pétillaient d'intelligence. J'oubliais le gros homme lubrique au profit de l'esprit subtil, acéré. Monsieur Smala me racontait ses expériences, glissait des avis autorisés et quêtait mes réactions. Sa conversation me fascinait. Elle m'ouvrait des portes sur des mondes que je n'avais qu'imparfaitement appréhendés. Et je comprenais pourquoi ce type à l'apparence quelconque avait amassé une fortune considérable. Quand je le quittai, à dix-huit heures, je n'avais pas les idées très claires. J'ignorais où il voulait en venir. Mais j'avais accepté de le retrouver le lendemain, même endroit, même heure, une corvée, en dépit du charisme du bonhomme.

A la Ravine à Malheur, un spectacle désolant m'accueillit. La carcasse froissée de la voiture d'Eulalie était rangée sur un côté de l'allée. Je me garai et allai constater l'étendue du désastre. Les airbags s'étaient déclenchés. Je courus jusqu'à l'étage. Eulalie pansait ses plaies dans la salle de bains. Elle m'expliqua sa mésaventure.

Germain s'était endormi, après une mauvaise nuit. Elle avait voulu retirer des médicaments à la pharmacie de La Possession, à cinq kilomètres. Mais elle n'avait pas contrôlé son véhicule, dans la pente. A quatre-vingts cinq ans, elle n'avait plus ses réflexes d'antan. Quand elle avait senti que la voiture lui échappait, elle avait accéléré au lieu de freiner. Une colonne du mur de clôture avait stoppé l'engin. L'impact avait projeté ma grand-mère contre le pare-brise. Sa pommette et ses lèvres tuméfiées témoignaient de la violence du choc. Elle reprenait difficilement ses esprits. Dans la pièce attenante, Germain ânonnait : « Je suis à l'agonie, je vais mourir ». Il ne lui serait d'aucun secours.

Je pris les choses en main. Ma grand-mère refusait de se séparer de son époux. J'appelai un médecin. Il accepta de nous visiter le lendemain, en début de matinée. Je parai au plus pressé et soignai les blessures de la vieille femme, tout en me substituant à elle auprès de son mari. A dix heures du soir, je pus enfin me coucher, claquée. Et un brin désemparée. Eulalie n'avait plus de voiture. Or, il était impossible de demeurer dans leur villa isolée sans moyen de transport. Si le médecin confirmait le caractère superficiel des blessures de ma grand-mère, elle devrait faire réparer d'urgence sa Peugeot, ou en racheter une.

Le praticien ne se déplaça pas pour rien. Après avoir examiné la femme, il s'intéressa au mari. Selon lui, il souffrait d'une déprime que son incapacité à marcher seul et à articuler convenablement aggravait. Il suggéra un placement momentané dans un établissement de rééducation fonctionnelle. Quelques séances de kinésithérapie et d'orthophonie remettraient le patient sur pied. Et ma grand-mère se rétablirait complètement. Elle en avait besoin. Trois dents cassées imposaient une consultation chez le dentiste. Elle se rangea à l'avis du médecin. Germain serait pris en charge dès le lendemain.

Eulalie eut du mal à renoncer à son ancienne voiture. Je dus la convaincre d'en acheter une nouvelle, en la promenant chez tous les concessionnaires de l'île. Aucun modèle ne lui convenait. Pourtant, elle avait conscience que je repartirais bientôt. Elle devait absolument saisir l'opportunité de ma présence pour acquérir un véhicule.

Mes vacances furent presque entièrement consacrées à mes grands-parents. Je convoyais Eulalie chez le dentiste, dans les magasins et à la clinique où elle visitait son époux. Entre trois courses, je parvenais à honorer mon rendez-vous quotidien avec monsieur Smala. Le milliardaire poursuivait notre conversation à bâtons rompus, enrichissante, sibylline. Je ne discernais toujours pas toujours son objectif. Mes déboires familiaux l'attristèrent. Ils ne l'incitèrent pas à rompre notre colloque. Il y prenait plaisir. Moi aussi. L'homme d'affaires m'éblouissait par son intelligence, la profondeur de ses vues et ses capacités d'analyse hors normes. J'aurais pu tomber amoureuse de lui si je n'avais pas été aussi fortement éprise de Maxence.

Maxence ?

A vrai dire, il m'était un peu sorti de l'esprit. D'autant que je n'avais pas accès à ma messagerie électronique, notre moyen privilégié de contact, et que j'avais oublié mon téléphone en métropole. Personne ne pouvait me joindre, hormis mes parents.

Cette coupure m'arrangeait. Pour Maxence, comme pour mon employeur. Je m'estimais maltraitée, par l'un et l'autre. Je prenais une sorte de revanche.

Les jours filèrent à la vitesse de l'éclair. L'accident de ma grand-mère, l'état de santé de son époux, la rencontre inopinée avec monsieur Smala et ses exigences, avaient réduit à néant mes velléités de bronzer au bord de l'eau et de parcourir les prodigieux territoires insulaires. Des vacances désastreuses, si je comparais leur déroulement à mes ambitions initiales.

La veille de mon départ, Eulalie se décida à acheter une voiture, celle qui ressemblait le plus à la précédente, que le constructeur ne fabriquait plus. Une chose de réglée. Germain reprenait lentement goût à la vie. Un deuxième point positif.

Au bar du Saint-Alexis, Monsieur Smala m'accueillit d'un grand sourire, affectueux, paternel. Il me dévoila ses projets.

– Noémie, je ne vous remercierai jamais assez d'avoir accepté ces entretiens. Je voulais avoir une idée exacte de vous, au-delà de la professionnelle compétente et dévouée que j'apprécie. Je l'ai, merci encore.

L'entrée en matière me déstabilisa. Je ne savais pas quoi dire. Il s'en aperçut.

– Vous devez vous demander pourquoi je vous ai soumise à cette épreuve.

– Oui, en effet.

– Voilà, j'ai deux enfants. Mon fils aîné vole de ses propres ailes, mais ma fille m'a longtemps inquiété. Elle a votre âge. Après avoir flirté avec beaucoup de limites, elle a décidé de se lancer dans la communication. Pourquoi pas, c'est une fille intelligente.

– Comme son père.

– Sans doute, peut-être plus, mais également plus fragile. Je veux qu'une personne de confiance l'assiste, quelqu'un de solide et sensible.

– Ah ?

– Vous êtes la personne idoine. Le ciel vous a envoyé à la Réunion. Les chasseurs de têtes que j'ai contactés ne m'ont proposé personne de convaincant.

141

Puis, il me décrivit les ambitions de sa fille et le rôle que je devrais jouer. Je fus subjuguée, cela correspondait exactement au développement que je désirais donner à ma carrière. Nous conclûmes l'affaire. Mon salaire serait doublé. Il était persuadé que sa fille et moi nous entendrions divinement.

Le dernier jour, j'arrivai tôt à l'aéroport. Après l'enregistrement, je me connectai à une borne Internet et découvris les nombreux messages accumulés depuis mon arrivée sur l'île.

Maxence en avait rédigé un chaque jour. La tonalité badine des premiers s'estompait ensuite. En l'absence de réponse, il avait échafaudé les hypothèses les plus folles : une volonté de ma part de prendre du recul, de respirer, la manifestation de mon mécontentement devant son attitude désinvolte, une rupture définitive...

Je lisais la progression de son inquiétude, devenue une véritable angoisse. Harcelé par la crainte d'avoir gâché notre relation, il tirait les conclusions de ses errements dans son ultime message :

« Ma chérie, je t'aime, pardonne-moi, j'ai été aveugle, reviens, nous vivrons ensemble, fonderons une famille. Ne m'abandonne pas ! »

J'étais aux anges et n'avais aucune intention de l'abandonner. Ses projets me convenaient.

Une voix diffusée dans l'aérogare par haut-parleurs m'invita à me présenter au directeur de l'aéroport, en personne. Celui-ci me tendit ma valise verte qu'un voyageur distrait avait confondue avec la sienne et n'avait pas jugé bon de rapporter plus tôt. Elle rejoignit sa sœur dans la soute à bagages, sans excéder le poids autorisé. Je ne m'étais pas ruinée en achats pondéreux.

Ces vacances calamiteuses se terminaient en beauté, un vrai conte de fées, au-delà de ce que j'aurais pu espérer. Mes vœux étaient exaucés, avant d'être formulés.

Mon séjour resterait gravé à jamais dans mon esprit, il avait bouleversé ma vie, un séjour parfait.

Ou presque.

Dans l'avion, je retrouvai à mes côtés le charmant Adrien et son papa. Mon estomac se noua. Je priai le ciel pour qu'il nous évite les turbulences, ou les pilotes trop audacieux. Mais je n'avais pas achevé ma supplique que je perdis tout espoir. Le commandant de bord, Julien Donatori, nous souhaitait une traversée sereine.

Lune de miel aux douceurs nocturnes avant sévices diurnes

Catherine Thirouin

Il y a une vingtaine d'années, nous avions choisi le Mexique ; mélange de racines précolombiennes majeures, d'excès baroques espagnols et de révoltes identitaires postcoloniales ; pays violent sous toutes ses facettes !

Hôtel de charme à Mexico, petit-déjeuner savoureux en terrasse surplombant l'immense place du Zocalo, le soleil éclairant la cathédrale au loin, architectures grandioses, fresques colorées de Diego Rivera ; tout commençait par le meilleur.

A Oaxaca : marchés et textiles aux couleurs acérées. Un couvent transformé en hôtel très confortable, surtout les fauteuils clubs dans l'église, agrémentés de mojitos, plongeons dans la piscine glacée et conversations amoureuses sous la colonnade d'une fontaine ancestrale.
J'entre seule dans un bar de la vieille ville : les regards sombres d'une dizaine d'hommes dardent sur moi, la sortie est de rigueur, machisme avéré.
Quelques heures plus tard, location d'une voiture aussi défoncée que les routes, dans la montagne, à la nuit, impossible de discerner les pans entiers de terre ou de bitume qui disloqués, gisent au fond de la vallée.
« Deslaves » absolument pas indiqués.
Glissades plus ou moins contrôlées…

San Cristobal de las Casas apparaît enfin ; humide et froid, nous dormons tout habillés, pas vraiment sexy le voyage de noces !
Au matin, découvertes des rites indigènes, vaudous dans une vieille église coloniale : blanche et pure à l'extérieur, réchauffée à l'intérieur par de multiples bougies à la lumière ocre et à l'odeur âcre.

147

Soudain alors que les hululements des femmes priant, me submergent d'émotion, mon visage est aspergé de sang !

A mes pieds un poulet égorgé tressaute sur le sol, constellé d'offrandes chatoyantes, sous le regard distant d'un saint sculpté en bois, au sourire sardonique.

Ce doux mélange catholique-animiste doit l'amuser.

Pour ma part je n'ai qu'une envie : me laver, me purifier.

Des enfants jouent partout, allongés à même la terre, souriants entourés des chants et cris de leurs mères.

Tout est vivant dans l' église de Chamula, qui quelques mois plus tard sera le cœur de la révolte des Indiens du Chiapas, beaucoup d'armes circulent déjà sous nos yeux.

Rentrés devant un immense feu, nous oublions tout, tendrement enlacés, entourés de terres cuites : cheminée et jarres multiples qui nous restitueront, tout au long de la nuit, la chaleur.

Une bougie estompera sur le mur l'ombre de nos corps pénétrés longuement, profondément l'un par l'autre, pour l'autre en totale connivence, pour un amour à développement durable.

Les jours suivants, la douceur de Palenque nous séduit : la beauté luxuriante de la jungle, des cascades pour y accéder, du torrent où nous nous baignons, la saveur de la viande grillée, délicieuse. Puis ses superbes portraits de Dieux couverts de tiares de plumes, qui se méritent comme des trésors, par une escalade harassante, en pente verticale de leurs pyramides.

Vertige garanti et paysages à perte de vue, striés de verts aux multiples nuances .

En bas les odeurs stagnent, un peu écœurantes, fleurs sauvages mêlées aux fruits comme confits par la moiteur ambiante.

Échappée de quelques instants en archéologues débutants : bâtons à la main faute de machette, écartant la végétation, un joyau nous apparaît : un temple sur un petit promontoire, aux dimensions humaines. Il est entièrement sculpté de bas-reliefs polychromes aux contours accentués de femmes garantissant pluie et fécondité, comme de tout temps, autour les hiéroglyphes représentent les katunes, périodes d'environ vingt ans qui rythment le calendrier maya.

Une minuscule statuette d'un couple aux bijoux tubulaires, marron et rose, émerge d'un mamelon de terre. Nous ne pouvons nous empêcher de la conserver précieusement comme le symbole de la pérennité de notre union.

Chitchen Itza est nettement plus inquiétante, avec le Chac-Mool dominant le site, qui recueillait les cœurs humains et le jeu de paume immense où gagnants comme perdants pouvaient être aléatoirement sacrifiés.

Tout est surdimensionné et pénétré par des herbes folles dorées.

Nous distinguons très haut, au milieu d'un mur majestueux l'anneau de pierre servant de but aux joueurs qui s'affrontaient.

Aux équinoxes, les rayons du soleil forment un serpent sur l'ensemble de la pyramide de Kukulkan, dont le plan est parfaitement carré .Pour quels rites et dans quel but ?

Une ambiance malsaine, indéfinissable, s'insinue en nous.

Les couloirs internes se rétrécissent par interstices, tout en s'assombrissant.

A nouveau à l'air libre nous imaginons ces cortèges de vierges happées par la jungle et que l'on ne revoyait jamais plus…

Des plumes turquoises irisées jonchent le sol ; comme si la mort poursuivait aussi les oiseaux ?

Le coucher du soleil nous enrobe de tons rouges orangés qui découpent et contrastent de plus en plus la végétation exubérante qui nous environne.

Perdus dans le dédale des chemins, le temps s'allonge pour retrouver la sortie.

Nuit dans un endroit improbable, protégés au plus profond d'un hamac d'où nous percevons les bruissements de la forêt : des ondes qui passent en vagues puis des cris, gloussements, craquements.

Et, pire que tout, des sifflements répétitifs.

Pleine lune, mais sans miel !

Au matin pour canaliser cette angoisse naissante : direction Cancun et ses plages réputées, en commençant par celle du Club Med soi-disant la plus belle ?

Au centre d'une baie exceptionnelle : déserte, silencieuse, bain et bronzage exquis.

Nous nous relaxons entremêlés un instant sur le sable tiède, tendres baisers sur nos deux corps assoiffés de caresses et de volupté.

Retour à la voiture.

Une impression bizarre : aucun bruit, pas âme qui vive ; sensation d'être isolés au bout du monde.

Aucune trace d'effraction et pourtant nos sacs ont disparu !

Plus de passeports, billets d'avion, argent liquide, contrats de location…

Nous arpentons routes et fourrés, à la recherche du moindre indice : rien.

Étrange, comme si des yeux nous observaient, sans qu'aucune présence réelle ne puisse être discernée.

L'ensemble du lieu n'est en fait qu'un immense chantier, dans lequel de nombreux engins caracolent.

Difficile de s'imaginer ce qui existait avant ; tout comme les projets futurs.

Nous nous échappons vers l'aéroport pour trouver une solution à nos problèmes comme si nous nous évadions d'une souricière ; avec la sensation qu'en restant cela pourrait empirer.

Au guichet, la compagnie aérienne Aeromexico nous garantit le remboursement ultérieur des billets avec une déclaration de vol, en bonne et due forme de la police locale, or celle-ci réside dans un local confiné, puant avec vue sur les cellules… garnies.

Notre attente durera des heures, en vain.

A dix-neuf heures, horaire habituel où l'inspecteur est censé passer au poste, nous prenons racine sur le trottoir pour qu'il puisse nous voir, le hélons, mais deux étrangers ne semblent pas être un motif suffisant pour déclencher son intervention !

Nous repartons à la police des investigations : le préposé refuse toujours de faire ce maudit papier.

Puis tout à coup vers vingt-deux heures trente, excédé, il se met à taper comme un fou, doigt par doigt, sur les touches d'une machine à écrire archaïque (noire, anglaise et cassée) ; nous le félicitons pour sa dextérité, le courant passe et la feuille s'imprime, Euréka !

Trop candides, nous n'avions pas réalisé que dans ces pays, seule une petite obole peut déclencher un enregistrement de plainte.

Hagards, guides à l'appui, nous décidons de dormir non loin à « Playa del Carmen ».

Dédale, labyrinthe, à plusieurs reprises nous rebroussons chemin, carte en main incompréhensible : les rues et hôtels cités ont-ils disparu ?

Aucune pancarte , aucune indication, pas même un chien errant !

Nous échouons dans un bungalow pourri où le lit est surélevé, entouré d'un rebord blanc qui nous permet de distinguer précisément : ailes, mandibules, dards, pattes d'insectes en tous genres, espèces et coloris... juste un instant, car le groupe électrogène s'éteint soudainement.

A l'aube nous découvrons le désastre : nos corps criblés de pustules et un squelette de scarabée gros comme le poing qui trône sur notre oreiller au milieu d'une armée de coléoptères.

A la plage comme à la ville un paysage lunaire nous entoure, les palmiers sont étêtés, ou rasés, comme les hôtels recherchés la veille et la plupart des habitations!

Un typhon a dévasté cette côte, quelques semaines auparavant, éradiquant tout sur son passage.

Nous l'ignorions.

Évidemment, les médias évitent de diffuser ce type d'information qui pourrait avoir un impact désastreux sur l'économie et le tourisme local.

Petit plongeon dans l'eau turquoise, mais seule, car l'un d'entre nous doit toujours rester de garde pour la carte bleue, seul bien tangible qui nous reste, tout en surveillant les ombres fugaces derrière les cocotiers.

Retour à Cancun : aéroport.

Multiples réservations de vols : d'abord pour se rendre à Mexico, à l'ambassade, afin de récupérer contre monnaies sonnantes et trébuchantes un papier garantissant notre nationalité, sinon aucun retour n'est possible.

L'avion décolle, tangue, un orage terrible se déclenche, une lumière très proche nous frôle : un autre avion ?

Nous ré-atterrissons en urgence et c'est seulement au sol que l'absence de stabilisateur de vol nous sera divulguée. Ce n'est pas le type de pièce que l'on a en stock ; il doit être envoyé de la capitale, quand ? Comment ?

Attente d'une dizaine d'heures allongés sur un banc en béton, sans rien à boire ni à manger, et surtout sans aucune information !

Enfin, mais sans aucune excuse, nous repartons (scénario type SNCF ou RATP au choix).

Périples administratifs multiples, restrictions financières obligatoires : pour assumer, nous choisissons un hébergement signalé dans le routard, comme « moins cher que pas cher ».

Des hommes dorment sur des chaises, écroulés à chaque étage, la douche est si sale qu'il est impossible d'y poser un doigt de pied. Quant aux draps l'importance et la diversité des taches ne peuvent avoir qu'une explication : nous sommes dans un hôtel de passe hyperactif !

Nuit mouvementée, écourtée.

A l'aube, une belle balade pour changer d'ambiance : Teotihuacan.

Magnifique : les perspectives, les diagonales et pans coupés, sont rythmés avec modernité sur des distances et proportions audacieuses.

Tout est gravé, ciselé, coloré, les détails incrustés d'obsidienne ou de nacre.

Quel raffinement, en contraste total avec les préoccupations actuelles.

Nous revenons noirs de la tête aux pieds, intérieurs compris : nos mouchoirs s'assombrissent à vue de nez, compte tenu de la pollution ambiante de centaines de bus qui laissent vibrer leurs moteurs, quel que soit le temps d'attente, à une altitude de 2400 m.

Un américain discute avec nous, cordial et direct, comme ils le sont fréquemment.

Comprenant l'étendue du désastre, spontanément il nous propose de partager sa chambre ?

Perplexes nous ne savons que faire, il raisonne par empathie avec nos problèmes, à ses dires parce qu'il imagine sa fille, qui a notre âge, dans la même situation.

Sa suite est immense, il apparaît aisé et sans contraintes.

Nous déclinons néanmoins l'invitation ne désirant nous fier qu'à nous-mêmes.

Sommes-nous devenus frileux, méfiants ou simplement lucides ?

Retour au point de départ : Cancun.

Notre nouvelle réservation sur la compagnie Aeoromexico n'a pas été entérinée, mais la somme débitée en première classe évidemment, la seconde étant complète.

Nos parents viennent à la rescousse, sentiment de honte à près de trente ans !

Un billet charter payé en France nous est envoyé, par le biais du pilote, effectuant l'aller de Paris. Bien à l'avance nos bagages sont enregistrés, ce qui nous apparaît comme une garantie absolue de départ.

Recherches du pilote, des billets… Les heures passent… introuvables.

Personne n'est au courant.

L'avion va décoller, un agent essaye de nous rendre nos valises : peine perdue, car elles ont été placées les premières en soute.

Rien n'y fait, même l'évocation d'un attentat terroriste !

Excédés, sans aucun sac ni bagage, seulement un pull chacun sur l'épaule, la voix rauque d'avoir été obligés de crier tant et plus, l'hôtel « Las Perlas » le plus proche et le plus économique, nous accueille pour la nuit.

Pour remonter le moral des troupes, un cocktail serait le bienvenu ; la réceptionniste nous explique comment arriver au bar par un trajet surprenant : à droite puis gauche, sortir sur la plage, repartir…

Une fois dehors, surprise: le tarif de l'hôtel s'explicite, pris par l'ouragan un énorme cargo a éventré le bâtiment en deux entités totalement distinctes.

Nous longeons la carlingue, dans l'obscurité la plus noire, sans distinguer nos empreintes sur le sable, le bar a été épargné. Nous pouvons enfin nous désaltérer d'un « piña colada » sans goût, sur une planche de bois brut.

Un vieux miroir craquelé renvoie l'image de deux êtres pâles incolores, inodores, et inaudibles : méconnaissables.

Réveillés en sursaut le lendemain par des bruits de marteaux piqueurs et de scies sauteuses, qui nous vrillent les oreilles, nous déguerpissons dare-dare, sans même songer à petit-déjeuner.

Quelques jours ont suffi à nous transformer en ectoplasmes, mauvais acteurs d'une partition ratée, jouant dans un navet, programmé pour ne jamais sortir en salles tout comme nous le sommes pour ne plus repartir.

Pan Am, Air France, Continental Airlines…

A n'importe quel prix ?

Très onéreux le prix : un Cancun-Houston-Londres-Paris pour deux est acheté, malgré l'ampleur de notre déficit bancaire !

Obligation en enregistrant : remettre le seul papier d'identité restant entre nos mains, aux autorités aéroportuaires.

Très bien, nous nous asseyons à nos places.

Tout paraît normal autour, les passagers sont tous présents, mais l'heure de départ est d'ores et déjà dépassée. Une demi-heure, une heure…

Échange d'un regard, pas besoin de dessin.

Mr and Mrs… sont priés de sortir de l'appareil.

Tremblements, cris, larmes impossibles à retenir !

L'hôtesse s'est trompée et a donné nos papiers au pilote partant à Miami.

Excuses en tous genres, taxi pour le Sheraton idéalement situé en front de mer.

Mon mari rachète un maillot : je le vois par la fenêtre franchir la barre et des rouleaux énormes.

Je ne veux plus parler,
    ni regarder la télévision,
    ni manger.

Je veux juste rentrer.

J'ai mal partout, aucun médicament, la nausée.

Nous ne pourrons jamais quitter ce pays.

Ulcérée, exténuée, je m'effondre.

Encore un jour d'attente pour nos employeurs français, qui ne comprennent plus du tout notre retard ; comme notre famille injoignable, car les PCV ne fonctionnent pas.

Comme rien d'ailleurs Ici !

Crevée, le sommeil m'engourdit, je dors jusqu'à la nuit tombée, sans me rendre compte de l'absence de mon époux.

Une sonnerie lancinante me réveille en sursaut.

Téléphone : « Veuillez descendre au plus vite, Mr a eu un accident. ».

La coupe est pleine.

Affolée je dégringole l'escalier, à moitié habillée, en me tordant la cheville.

Le taxi qui m'attendait fonce aux Urgences.

Les nouveaux nés hurlants se mélangent aux vieillards marchant pieds nus et en ponchos, avec des perfusions dans les bras ; une jeune fille aux yeux énormes saigne sur un brancard.

J'imagine alors la scène : des requins blancs l'attaquant, dans les courants où il préfère nager, tout comme eux, lui se débattant, répandant de plus en plus de sang qui en attire d'autres... Stop.

Doucement une femme en blouse blanche, glisse sa main dans la mienne pour me guider vers un dortoir où sur un lit, il gît, inconscient, affaibli, mais vivant.

Un pêcheur l'aurait recueilli au moment critique où il se laissait couler, entraîné vers les profondeurs.

Cet espace-temps, soi-disant tellement agréable que le noyé s'y enfonce avec délectation !

Je l'embrasse tendrement, baiser papillon puis esquimau, et enfin goulûment.

Encore et encore.

Il revient à lui et à moi !

Respire, le pire a été évité, mais le meilleur n'est plus en vue.

Repos obligatoire.

Nous resterons deux jours entiers à panser nos plaies, dans la pénombre de la chambre d'hôtel.

Énième trajet pour l'aéroport.

En transit à Houston un douanier rigole en me voyant sans sac, les mains libres :

« Vous voyagez light Madame, pour un aussi long périple » me dit-il.

Je n'ai plus en tout et pour tout qu'un peigne et une brosse à dents en plastique.

Moi incapable de rire, les yeux cernés, comme E.T je n'ai qu'une direction en vue, qu'une seule et unique idée en tête : HOME, sweet home.

A Londres : folie je m'octroie une paire de chaussettes.

Arrivés à destination nous apprenons que nous ne sommes pas les seuls à avoir subi des vols : un couple d'amis ont été dévalisés dans un bus, comme tous les autres occupants, par un gang cagoulé de noir, tirant en rafales n'importe où, transformant le toit en passoire et blessant un enfant caché sur celui-ci pour ne pas payer.

Quant au photographe de notre mariage il est revenu du Mexique, sans matériel d'aucune sorte, tout lui ayant été piqué : objectifs, flashs… mais surtout sans son collègue journaliste introuvable !

Celui-ci réfugié en France ne voulait pas retourner à Mexico où sa famille réside. Agressé à plusieurs reprises, il craignait d'être kidnappé contre une rançon.

En général, ils envoient un doigt de leur victime pour authentifier leur acte !

Ce n'est pas pour des sommes faramineuses, mais cela devient inquiétant, tant c'est fréquent, une sorte de sport « municipal ».

Quinze jours après nous récupérerons nos valises à Orly, avec les maillots encore humides…
Et apprendrons par un test formel que je suis enceinte.
Les Mexicains m'ayant tout pris, y compris mes pilules !!!!!!

Vacances d'enfer !

Cochabamba

Georges Vigreux

Pour tout le monde, le mot « vacances » évoque des notions sympathiques telles que la détente, la liberté, l'oubli du quotidien, l'aventure et j'en passe.

Mal réveillé, des valises sous les yeux et d'autres sur le trottoir ; ma femme qui faisait les cent pas devant l'entrée sinistre de notre HLM de banlieue parisienne (avec notre petite Karine blottie dans ses bras), je commençais à me demander si j'avais bien fait de choisir ce voyage organisé vers la Bolivie pour nous offrir deux semaines de détente, de liberté et d'oubli...

Pour ce qui est de l'aventure, par contre, cela commençait fort : notre avion décollait à 8 h 03 pour le Brésil via Madrid. Il était 5 h 30 du matin. La fin de l'embarquement était prévue à 6 h 00 et le taxi qui devait nous emmener à Roissy n'était toujours pas arrivé. Je lui avais pourtant clairement demandé d'être là au plus tard à 5 h 00.

Une vieille Mercedes finit par se pointer au bout de la rue, ralentissant à chaque numéro d'immeuble. Le gars qui la conduisait ne devait pas être mieux réveillé que moi car j'eus beau agiter les bras pire qu'un sémaphore, il ne me repéra qu'une fois arrivé à ma hauteur. La berline stoppa devant nous en faisant crisser ses freins. Je me précipitai vers la portière du chauffeur qui me regarda, hilare. C'était un noir du genre Omar Sy avec une carrure à inciter à la diplomatie.

– Salut, la petite famille. C'est vous qui partez pour Roissy ?

– Vous avez vu l'heure ? Cela fait plus de trente minutes qu'on poireaute dans la rue ! On avait dit 5 h !

Le chauffeur conserva son sourire béat et vérifia sur un bout de papier froissé qui traînait entre des brides de sandwich.

– A la radio, ils m'ont dit 5 h 30. Je suis pile à l'heure, patron ! Et puis faut pas vous énerver, c'est les vacances, non ? Vous avez de la chance de partir. Allez, on met tout le bazar dans le coffre et on y va. Vous allez voir comment on rattrape le temps perdu.

Je n'aurais jamais dû lui répéter de se presser car je crois bien que ma femme et moi avons connu alors l'une des pires frayeurs de notre vie. Sans être un as du volant, je pensais être assez doué pour la conduite sportive. Mais ce type devait avoir fait des rallyes dans une autre vie. C'était un Antillais. Il nous fit zouker d'un bout à l'autre de la banquette arrière durant les vingt petites minutes qu'il mit à rallier les bords de Marne de Champigny au terminal 1 de Roissy. Une vraie fusée. Les seules fois où il respecta la limitation de vitesse, ce fut aux abords des radars du périphérique et le temps de faire un large sourire à une voiture de police qui traînassait sur l'autoroute A1.

Autant vous dire qu'au moment de descendre sur le trottoir de l'aéroport pour récupérer nos valises, nos petits déjeuners avaient eux aussi l'envie de partir en voyage. Seule notre petite fille de dix-huit mois gardait le sourire. Elle tournait en tous sens ses grands yeux noirs, intriguée par les multiples va-et-vient des gens qui se pressaient pour rejoindre leurs avions. Le chauffeur lui chatouilla le bout du nez en déclarant qu'elle était la plus mignonne petite frimousse qu'il ait vue de la journée (quel baratineur : il ne faisait même pas encore jour !), ce qui incita ma femme à me suggérer fortement de lui donner un pourboire. Il nous restait encore quelques minutes pour foncer aux guichets et je n'allais plus utiliser mes euros avant longtemps, aussi me laissai-je amadouer, en brave quiche que j'étais (je suis de la Lorraine).

Normalement, nous avions une place spéciale réservée pour notre enfant, ceci afin que l'hôtesse puisse installer un petit lit de bébé face à nos sièges. Mais avec le retard que nous avions pris pour venir, elle avait fini par être réattribuée à un bébé plus ponctuel. Chouette ! J'allais devoir faire tout le voyage jusqu'à Madrid, notre première escale, avec ma petite Karine dans les bras. Le voyage s'annonçait bien. Je ne sais pas pour vous, mais moi, quand une journée commence ainsi, j'ai toujours une sérieuse appréhension pour la suite. Je n'aurais pas dû penser à cela. Mes idées négatives avaient certainement dû réveiller quelque démon en mal de victimes, car la suite des événements allait me donner raison au-delà de mes pires craintes !

Nous retrouvâmes, dans les travées de l'Airbus, Ramiro, l'animateur et organisateur en chef de notre petite escapade. Oui je sais, un animateur normal aurait accueilli chacune de ses ouailles aux guichets de la compagnie aérienne, ou bien au pire, dans la salle d'embarquement, histoire de vérifier s'il ne manquait personne. Mais Ramiro (nous n'allions pas tarder à l'apprendre à nos dépens), n'avait rien d'un animateur normal. En fait, c'est lui qui arriva bon dernier. L'embarquement venait de se terminer quand il surgit en courant, les cheveux hirsutes et la chemise en bataille, bousculant l'hôtesse qui se préparait à fermer l'accès à la passerelle d'embarquement. De loin, je l'entendis baratiner toute une série d'explications sur les difficultés de la circulation (un samedi matin à 5 h, vous pensez !), les tracasseries administratives de dernière minute et je ne sais encore quelle fadaise.

L'hôtesse le laissa passer et il commença son sketch, se mettant à chanter à tue-tête un air de bienvenue en espagnol, serrant les mains et claquant les bises au fur et à mesure qu'il progressait entre les passagers qui se débattaient avec leurs casiers à bagages. Il s'était affublé d'un bombin, ce petit chapeau de feutre rond bolivien surnommé « le borsalino à la bolivienne » qui était beaucoup trop petit pour sa grosse tête d'indien et ne cessait de tomber. Il jouait avec, le soulevant devant chaque demoiselle, pour déclamer à la ronde qu'il n'avait jamais vu aussi belle señorita et qu'elle allait faire chavirer les cœurs des hommes des merveilleuses villes boliviennes que nous devions découvrir durant notre périple.

Lorsqu'il arriva à notre hauteur, il avait sorti une charango, toute petite guitare bolivienne, et s'était mis à jouer un air entraînant, censé réveiller l'atmosphère endormie qui régnait à bord. Il aperçut ma fille et vint se planter devant elle, espérant probablement la charmer de son chant. Mais ma petite Karine se plaqua les deux mains sur les oreilles et fit une grimace suffisamment explicative pour qu'il décide de lâcher prise. Nous le laissâmes s'éloigner dans l'allée encombrée et finîmes par nous tasser dans nos sièges étroits avec un certain soulagement. Le voyage allait être long !

Bon, je ne vais pas vous faire un roman avec tous les détails de notre vol. Chacun a pu déjà profiter de l'exiguïté des sièges dans une classe économique. C'est à croire que les compagnies aériennes font tout pour vous dissuader de revenir voler un jour avec elles. Manger les coudes calés entre ses voisins de rangée n'est déjà pas facile, mais avec un enfant de dix-huit mois posé sur les genoux, c'est un autre challenge. Ma femme et moi avons jonglé avec notre petite Karine qui a commencé par charmer nos voisins avant de les saouler lorsqu'elle décréta, à peu près au-dessus des Pyrénées, que le vol Paris-Madrid avait assez duré.

A l'escale, l'ambiance à bord de l'Airbus changea quelque peu. Je ne sais pas quelle rencontre sportive d'importance venait d'avoir lieu dans la capitale espagnole, toujours est-il que nous nous retrouvâmes avec l'équipe nationale de football bolivienne qui revenait d'une série de matches et avait fermement l'intention de se détendre sans attendre la destination de leur voyage : la ville de Santa-Cruz, qui était également notre point d'arrivée.

Le footballeur a le sens de l'équipe, c'est bien connu. La solidarité est de mise. Aussi, quand l'un d'eux se mit à draguer chaque hôtesse qui passait à sa portée, les autres s'empressèrent de faire de même, avec la délicatesse et la galanterie des mâles gavés de testostérone. Je ne sais ce qui passa par la tête de Ramiro, mais il eut l'idée saugrenue de vouloir les calmer en sortant sa guitare pour nains.

Il parvint à chanter deux petits airs guillerets avant que l'un des sportifs ne s'empare de sa guitare et de son chapeau, faisant rire tous ses compagnons. Je ne parle pas couramment l'espagnol, mais je connais suffisamment de jurons pour me faire une idée du contenu des chansons grivoises que les footballeurs se mirent à hurler dans l'avion. Je vis circuler plusieurs bouteilles d'eau minérale au contenu suspect, coloré en jaune pâle. Ces gars étaient en train de se charger à quelque chose qui sentait fortement l'anis. Du pastis espagnol ? Toujours est-il que l'ambiance se mit rapidement à dégénérer dans l'avion.

Des passagers, outrés par le comportement des footballeurs, se plaignirent aux hôtesses (de plus en plus rares) qui parvenaient à passer entre les travées, feintant de rapides mouvements de hanches pour tenter d'éviter les mains aux fesses que leur adressaient les types éméchés à leur passage. Le commandant de bord dut intervenir au micro, d'abord en anglais puis dans un espagnol hésitant, expliquant d'un ton ferme qu'il était le seul maître à bord avec pouvoir de justice et qu'il promettait de mettre aux arrêts tout individu qui mettrait en péril la sécurité des personnes à bord de son appareil. Cela sembla sonner la mi-temps pour les footballeurs et le silence revint dans la carlingue.

Il n'y a pas à dire : nos vacances commençaient sous les meilleurs auspices ! Plus que le sermon du commandant, ce qui calma tout le monde, mais alors vraiment tout le monde à bord, ce fut le premier des trois trous d'air que nous traversâmes une demi-heure plus tard. Je déteste les manèges à sensation. Mais au moins, on peut en descendre rapidement dès que le tour est fini !

Nous étions à peu près dans la zone où le vol Rio / Paris s'était crashé le 1er juin 2009 après avoir traversé une zone hantée par de gigantesques cumulo-nimbus. C'est Ramiro qui eut la bonne idée de nous rappeler ce sinistre fait divers, alors que nous avions déjà du mal à nous endormir au-dessus de l'Atlantique.

Si vous avez la chance de n'avoir jamais vécu le passage d'un trou d'air en avion, laissez-moi vous mettre dans l'ambiance :
D'abord, cela ne prévient pas. Et ce n'est pas le petit tintement vous alertant que des turbulences vont avoir lieu qui pourra vous aider, car vous savez bien que plus personne n'y fait attention, après quatre ou cinq déclenchements non suivis de conséquences.
Immédiatement après ce gentil petit « ding, dong ! », le sol sembla se dérober sous mes pieds. J'étais assis et sanglé ainsi que mon épouse, (heureusement pour nous), mais pas notre bébé. Je vous jure que je l'ai vu se mettre à flotter sous mes yeux tandis que, terrifiés, la plupart des passagers commençaient à crier.

Au début, durant les trois premières secondes, ce ne fut qu'un cri de surprise. Un trou d'air n'est jamais agréable, mais il a le bon goût de ne pas durer très longtemps. Celui-là était un costaud. A la quatrième seconde, les hurlements de peur virèrent aux sirènes d'alarme paniquées. A la cinquième seconde, je parvins à rattraper par la couche-culotte ma petite Karine qui se prenait pour une astronaute, satellisée vers le plafond de la cabine.

Mon cœur rata un battement, mes poumons semblaient ne plus fonctionner et tous mes organes internes se pressaient pour évacuer mon corps. A la septième seconde, le vol plané cessa. Je me sentis peser une tonne et je crus que j'allais réellement m'enfoncer dans mon siège. Au-dessus de nous, des casiers s'ouvrirent sous le choc et laissèrent échapper les bagages à main qui se mirent à tomber avec fracas sur le sol ou sur la tête de leurs propriétaires.

Les moteurs de l'avion poussèrent un rugissement tandis que l'appareil effectuait une ressource pour reprendre son assiette. Et tout le monde fut extrêmement soulagé lorsque la voix du commandant retentit de nouveau pour expliquer que tout était « *under control* ». Je vous garantis que dans ces cas-là, vous comprenez parfaitement l'anglais. Mais comment ce gars faisait-il pour garder un pareil self-control ? Il nous avait parlé d'un ton parfaitement anodin, comme si nous venions de vivre un banal incident.

Les footballeurs les plus éméchés se mirent à rigoler grassement, rassurés de voir que tout était terminé. Ils avaient tort. Cette fois, le « ding-dong » n'eut pas le temps de nous prévenir. L'avion piqua du nez, penchant fortement sur la droite, m'envoyant taper de l'épaule sur celle de ma femme qui serrait les dents, courageuse comme à son habitude.

J'avais toujours Karine entre mes bras et mon instinct me fit rapprocher son petit corps fragile de celui de sa mère. Je n'avais pas envie qu'elle se fasse heurter par un de ces objets qui se promenaient en lévitation autour de nous. J'avais coincé chacun de mes pieds sous les barres d'attache du siège devant moi et je me mis à compter mentalement les secondes de chute libre. Le second trou d'air ne dura que cinq petites secondes. Un jeune homme à côté du troisième !

Il nous cueillit par surprise environ deux minutes après la fin de son prédécesseur. Le temps, pour certains d'entre nous, de choisir quelle prière ils allaient adresser à leur créateur. Ma femme se mit à sangloter doucement tout en pressant Karine contre sa joue. Elle avait tenu à récupérer son enfant, probablement persuadée que nous vivions nos derniers moments.

Je levai la main pour tenter de venir la poser sur la sienne en un geste qui se voulait rassurant, mais l'absence de pesanteur m'empêcha de terminer mon mouvement. Je crus que j'allais glisser hors de ma ceinture de sécurité qui était pourtant bien serrée. Mon corps partit vers le haut, mais aussi vers l'arrière, car l'avion ne se contenta pas de perdre son appui, il plongea aussi droit vers le sol. Dix... onze... douze interminables secondes durant lesquelles je commençai à revivre tout mon passé. Ce qu'on racontait était donc vrai : dans ces cas-là, on revoit toute sa vie !

Je n'eus pas le temps de rembobiner toute mon existence. Une fois de plus, mon poids vint me tasser violemment dans mon siège et l'avion se mit à rugir, tel un animal protestant sous la charge qu'on l'obligeait à supporter.

Le calme revint. Mon cœur tapait violemment dans ma poitrine et je respirais comme si je venais de piquer un sprint. Je me mis à compter les secondes de répit. Plus personne n'osait émettre le moindre son. Ma femme avait même mis la main sur la bouche de notre petite fille qui n'avait pas apprécié le dernier des trous d'air et le faisait savoir. Le dernier, oui.

Après un interminable silence de mort, la sonnerie paisible de l'interphone sonna de nouveau. Le commandant nous expliqua que nous avions légèrement changé de route pour éviter cette zone de turbulences et que tout serait désormais plus calme. Bien entendu, il nous conseillait de rester tout de même attachés. Des fois que...

Lorsque le père Ramiro vint courageusement passer près de chacun de nous pour nous expliquer, avec quasiment les mêmes mots que le commandant, que d'après lui tout irait bien maintenant et que nous pouvions nous détendre, j'eus soudain envie de lui faire bouffer son bombin qu'il avait remis sur sa tête. Le reste du vol se déroula sans encombre.

Bref, quand nous nous posâmes enfin à Rio de Janeiro où nous devions attendre plus de deux heures l'arrivée d'un autre appareil devant nous conduire en Bolivie, je n'avais plus du tout l'envie de poursuivre cette merveilleuse aventure. Je commençai même à me demander s'il ne valait pas mieux rentrer en France et attendre que le démon ait choisi d'autres innocentes victimes à torturer. Mais mon épouse est bolivienne et n'avait pas vu sa famille depuis plus de deux ans. Il était hors de question pour elle de renoncer à ce voyage et elle était prête à affronter toutes les turpitudes du destin. Ayant signé avec elle les petites lignes indiquant « pour le meilleur et pour le pire », je me rangeai à son avis.

Je passe sur l'escale à Rio qui n'avait rien de très intéressant. Coincés dans le terminal de transit, il était hors de question de pouvoir quitter l'aéroport pour aller se promener dans la célèbre ville. Après deux bonnes heures d'attente, nous embarquâmes à bord d'un vieux coucou qui devait nous emmener jusqu'à Santa-Cruz de la Sierra en Bolivie. Ce n'est pas la capitale, mais elle est aux mains des compagnies pétrolières qui exploitent le gaz, ce qui en fait la ville la plus riche du pays (mais vu l'état de pauvreté général du pays, c'est très relatif).

Notre comique national (je veux parler de Ramiro) fit tout son possible pour nous changer les idées et passa les deux heures de répit à nous vanter toutes les merveilleuses étapes qu'il avait préparées pour nous (et surtout qu'il nous avait vendues à prix d'or). Il nous mit l'eau à la bouche en nous parlant du festin qui nous attendait à l'hôtel au bord d'une superbe piscine à l'eau turquoise. Puis il enchaîna sur le trajet en autocar qui devait nous faire monter via le parc national Amboro et sa superbe faune locale jusqu'à l'altiplano et enfin la ville de Cochabamba, notre destination finale.

C'est avec le moral regonflé à bloc que nous prîmes place à bord d'un vieil appareil à hélices qui était censé nous amener à l'aéroport de Santa-Cruz. Cette bonne humeur ne dura qu'une petite heure, le temps que notre appareil soit en train de survoler les premières montagnes andines.

Puis le moteur droit toussa violemment plusieurs fois et cala, tout comme mon optimisme. Un silence de mort tomba dans l'appareil et j'entendis mon épouse se remettre aux prières en espagnol. Il restait heureusement un autre moteur qui semblait ronronner à la perfection et, au bout de quelques instants, les gens cessèrent de se regarder avec des yeux inquiets. Je me rendis compte que les passagers étaient essentiellement des Indiens. Boliviens pour la plupart mais probablement aussi Péruviens ou Chiliens. J'étais bien incapable de les distinguer les uns des autres. Ce qu'il y a de remarquable chez ces Sud-Américains (je m'en étais rendu compte lors d'un précédent voyage), c'est qu'ils sont capables d'accepter les coups du sort avec une incroyable résignation. Si un malheur se prépare, c'est que Dieu l'a voulu. Alors, à quoi bon lutter contre...

Notre appareil ne volait plus que sur un seul moteur, mais tout le monde semblait trouver cela normal. Ma femme me caressa tendrement le bras en me regardant avec un air de commisération qui acheva de me saper le moral. Elle ne dit rien, mais son regard signifiait clairement que je devais me résigner à mon destin. En même temps, n'ayant ni parachute ni solution de rechange, j'étais bien obligé de faire avec !

Ramiro trouva le moment opportun pour nous pousser la chansonnette avec sa mini guitare. Mais c'était sans compter sur ma petite fille qui, bien que toute jeune sur cette Terre, avait déjà tout compris : elle plaqua ses menottes sur ses oreilles et se mit à pousser des hurlements stridents, forçant notre crooner local à se réfugier au fond de l'appareil. Je calmai la petite et j'eus la surprise de voir que quelques passagers étaient même en train d'applaudir l'intervention de Karine. Comme quoi, elle a du goût, ma fifille !

Finalement, Dieu n'avait pas décidé de nous rappeler immédiatement à lui et notre avion se posa tant bien que mal sur la piste de Santa-Cruz, après un long, très long suspense. Je crois que ma tension baissa de trois points au moins quand je sentis l'appareil se mettre à rouler sur la piste cabossée.

La sortie de l'appareil se passa sans encombre. Nous étions au mois de décembre et je crus que le souffle brûlant des réacteurs venait d'envahir notre cabine, lorsque l'équipage ouvrit les portes de l'appareil. Mais non, c'était juste l'air extérieur, chauffé dans les quarante degrés, qui venait nous rappeler que nous étions ici en plein été.

A partir du moment où elle se retrouva sur le sol bolivien, mon épouse sembla se métamorphoser. Elle prit les devants pour me guider dans le désordre phénoménal qui régnait au retrait des bagages, puis nous fit arriver sans encombre à la sortie de l'aéroport où Ramiro, notre bien-aimé animateur/organisateur/directeur nous attendait, un drapeau bolivien à la main. Selon ses dires, nous devions maintenant prendre place dans un autocar tout-confort spécialement affrété par sa compagnie.

Durant les quarante-cinq minutes que dura notre attente, il nous fit de nouveau miroiter le confort de notre futur hôtel et le délice d'un bon bain dans la piscine à la fameuse eau turquoise, ceinturée de fleurs et de plantes tropicales. Il essaya bien d'accompagner son exposé d'un petit air de sa guitare, mais ma fille Karine était prête et quand il la vit gonfler ses petits poumons, il renonça à nous infliger ce supplice.

Les premiers brouhahas de protestation émanèrent de notre petit groupe lorsque nous vîmes arriver le long de notre trottoir le fameux autocar tout-confort. Il n'y avait aucun doute qu'il fut réservé à notre intention car il était décoré d'un panneau somptueusement peint à la main sur lequel était écrit la mention « *El Toucan Tour Operator* », le nom de la compagnie de Ramiro.

Nous chargeâmes tant bien que mal nos bagages dans les soutes poussiéreuses du véhicule, qui avait connu des jours meilleurs, et j'aidai ma femme à monter les quelques marches raides et grinçantes permettant d'entrer dans l'autocar. Il flottait à bord une étrange odeur : un mélange de sueur et d'urine par-dessus lequel on avait essayé d'ajouter des senteurs synthétiques de citron. Les quelques sièges qui n'étaient pas couverts de poussière voyaient fleurir l'extrémité des ressorts ayant réussi à percer le revêtement des fauteuils au tissu délavé.

Ramiro semblait parfaitement connaître le chauffeur auquel il claqua deux bises. Ils avaient tous deux un air de famille bien prononcé. La principale différence de physionomie tenait à la patate rougeâtre qui servait de nez au conducteur, probablement suite à une fréquentation trop assidue des bars de la région. Il régnait une chaleur infernale dans l'habitacle mais comme je vis la mention « *air conditioning* » sur les vitres avec un pictogramme demandant de ne pas ouvrir les fenêtres, j'en déduisis avec bonheur que nous aurions de l'air frais dès que le moteur serait remis en marche.

Peine perdue : nous partîmes une bonne demi-heure plus tard, alors que ma chemise n'était plus qu'un chiffon trempé et difforme. Karine s'était endormie dans les bras de sa mère après un solide biberon de lait et tout le monde se mit à piquer du nez, totalement indifférent aux paysages boliviens qui défilaient de chaque côté de notre autocar de luxe.

En France, nous avons dépensé des sommes importantes à équiper le moindre de nos carrefours de ralentisseurs et autres chapeaux de gendarme, ceci afin de limiter la vitesse aux endroits dangereux. Les Boliviens ont trouvé un moyen plus économique, mais tout aussi efficace : ils laissent vivre les nids-de-poule qui parsèment leurs routes et afin d'éviter que leurs véhicules ne risquent de briser un essieu, ils mettent dedans un morceau de branche bien visible, dont les feuilles dépassent du sol et signalent le danger.

Autant vous dire que notre vitesse moyenne n'était pas terrible. L'autobus n'arrêtait pas de slalomer entre les piétons qui se fichaient éperdument de leur sécurité, les autres véhicules occupés à contourner des obstacles et les quelques animaux qui divaguaient çà et là.

Finalement, nous finîmes par ne presque plus voir de constructions sur les bords de la voie (hormis les croix commémoratives et fleuries des nombreux accidentés ayant rencontré leur destin sur cette route). Nous ne cessions de monter. Le goudron laissa place à la terre. Et notre autocar creva une première fois.

Tout le monde étant déshydraté, nous accueillîmes cette nouvelle galère avec un relatif soulagement. Au fait, cela me fait penser à une question : savez-vous quelle est la différence entre une aventure et une galère ?

Non ?

C'est très simple : une aventure, c'est une ou plusieurs galères qui se sont bien terminées. Une fois les ennuis passés, notre esprit à tendance à les minimiser et à n'en retenir que le côté positif. La galère devient alors une sacrée aventure. Et ceux qui l'ont partagée se sentent plus proches les uns des autres. Pardi ! Ils ont vécu comme nous toutes les galères et ont eu le bonheur de s'en sortir vivants. Donc, pour conclure : les tombes vues au bord de la route, c'étaient des aventures qui s'étaient mal terminées : c'est-à-dire des galères. Et nous, forcément, nous étions en train de vivre une belle aventure, avec quelques petites galères qui seraient vite oubliées.

C'est en tout cas le message que tenta de nous faire passer notre super guide/chauffeur/animateur/responsable, etc. susnommé Ramiro qui voyait bien que certains d'entre nous commençaient à avoir envie de l'étrangler et qui cherchait un moyen de redorer le blason de sa superbe compagnie.

Notre autobus creva du même pneu une seconde fois à l'entrée d'un pont. De toute façon, nous expliqua Ramiro, cela tombait bien : nous étions obligés d'attendre devant ce pont ferroviaire que le train soit passé, ce qui ne saurait tarder. En effet, pour traverser ce rio partiellement asséché, un seul pont permettait à la fois aux trains et aux véhicules routiers de traverser et ceci, à tour de rôle. Vu l'attente que cela générait, un village s'était créé sur chaque rive du rio, fait de minuscules échoppes bricolées dans lesquelles vous pouviez acheter un peu de tout et beaucoup de n'importe quoi.

Une fois de plus, ma femme se montra parfaitement à son aise dans son pays d'origine et descendit nous acheter des jus de fruits frais et quelques biscuits à grignoter. Elle en prit même beaucoup à mon goût mais m'expliqua qu'il s'agissait d'une précaution. Juste pour le cas où...

La troisième fois que nous crevâmes (toujours du même pneu, celui à l'avant gauche), je décidai de descendre voir cette fameuse roue qui nous retardait tant. Lorsque je vis l'état de la chambre à air, je compris que nous n'avions que très peu de chances de finir ce voyage dans les temps : il n'y avait quasiment plus de place pour coller une rustine supplémentaire sur sa surface. Elle était littéralement recouverte de bouts de caoutchouc multicolores, témoins des nombreuses crevaisons qu'elle avait subies. Renseignement pris auprès du chauffeur (lequel commençait à avoir une haleine fortement teintée à la bière), les autres pneus étaient dans le même état.

Ramiro tenta de m'éloigner de la zone, invoquant des raisons de sécurité, mais je sentis mon sang s'échauffer et me mis à parler haut et fort afin que les autres passagers soient informés de ce qu'il se passait. Plusieurs hommes vinrent constater à leur tour l'état lamentable de la chambre à air. Ramiro sentit le vent tourner. Il tenta une manœuvre de diversion en nous promettant que des pneus neufs seraient mis en place le soir même à notre arrivée à l'hôtel.

Mais la coupe était pleine. Lorsqu'il se retrouva adossé contre la carrosserie du bus avec plusieurs personnes exigeant le remplacement du pneu ou le remboursement du voyage, il finit par lâcher prise et accepta de téléphoner à un garagiste. Nous perdîmes une heure de plus, mais une dépanneuse finit par arriver et un type en poncho et aux dents en clavier de piano, changea notre roue.

Je voulus insister pour qu'il change aussi les autres pneus, ayant une nature quelque peu pessimiste, mais Ramiro pleurnicha en argumentant que sa compagnie ne s'en remettrait jamais. De toute façon, le dépanneur n'avait pas d'autre roue, alors nous fîmes de nouveau confiance à notre bonne étoile (celle qui visiblement nous avait oubliés jusque-là).

Nous commençâmes à attaquer la route de montagne montant vers l'Altiplano alors que l'après-midi et nos réserves étaient bien entamés (Je bénis ma femme qui avait eu la bonne idée de prendre quelques provisions. Au cas où...). Nous avions dépassé les gorges escarpées de Samaipata, où se trouve un célèbre site archéologique préhispanique, que nous visitâmes au pas de course, car toujours selon notre guide chéri et adoré, nous étions vraiment trop en retard sur l'horaire et risquions de devoir passer la nuit dans la montagne, ce qui était une perspective que personne ne voulait voir devenir réalité.

Vous avez certainement entendu parler de la « *route de la mort* » réputée pour ses virages sans aucun parapet surplombant des précipices vertigineux ? Elle relie la ville de La Paz à celle de Coroico. « *El Camino de la Muerte* », comme disent les indiens. Eh bien, je vous garantis que la route sur laquelle nous étions n'avait rien à lui envier. Quand je vis que notre autocar commençait à enchaîner les virages en épingle à cheveux au raz du précipice, je commençai à ressentir la même peur que durant notre série de trous d'air de la veille. Le cauchemar recommençait.

A l'avant, notre chauffeur n'avait plus de bières et avait décidé de se doper un peu. Ses joues étaient enflées comme celles d'un hamster en plein repas. Je compris qu'il mâchonnait des feuilles de coca, histoire de lutter contre sa fatigue. Debout à l'avant de l'autocar et dos à la paroi vitrée, Ramiro souriait sous son petit chapeau, avec l'air du brave qui a déjà vu cent fois le même danger. Mais je voyais bien dans ses yeux qu'il semblait terrifié par le vide qui apparaissait quasiment sous ses pieds à chacun des virages que prenait notre lourd véhicule.

Nous étions à plus de deux mille mètres d'altitude, à flanc de falaise et perdus dans des nuages cotonneux qui glissaient le long de la paroi, lorsque notre roue avant droite décida à son tour de faire grève. L'autocar partit en glissade vers le vide tandis que le chauffeur sautait sur les freins. Je tapai du front contre le dossier du siège devant moi et entendit plusieurs cris de douleur parmi les passagers. Quand le hurlement des freins malmenés cessa enfin, nous pûmes entendre le pneu expirer son dernier souffle. Paix à son âme, enfin à ce qu'il en restait.

Cette fois, tout le monde se mit à injurier Ramiro, lui reprochant avec justesse d'avoir voulu faire l'économie d'une chambre à air. Il battit en retraite en descendant du bus mais cela ne calma personne et tout l'autocar sortit à sa suite sur la route escarpée pour l'abreuver de récriminations.

Ce qui le sauva du lynchage fut un coup de klaxon rageur qui se déclencha dans notre dos. Nous sursautâmes et découvrîmes l'énorme camion-benne qui venait de stopper sur la route face à nous, dans le sens de la descente. Un grand type aux muscles impressionnants sauta de la cabine en poussant des cris en espagnol. Notre chauffeur l'invectiva en Quechua depuis sa propre cabine. Les touristes criaient en français et ma petite Karine calma tout le monde en déclenchant sa sirène d'alarme en mode panique.

Il n'y avait pas la place pour que deux véhicules puissent se croiser à cet endroit. Et comme notre autocar avait crevé, nous ne pouvions le déplacer. Autrement dit : la route était bloquée. Elle n'était pas très fréquentée (faute d'être très fréquentable) mais un joli bouchon se forma tout de même au bout de quelques instants. Notre chauffeur tenta de réparer le pneu. Mais boucher un trou est une chose. Remettre de l'air dans un pneu en est une autre. Et bien entendu, nous n'avions pas de pompe et encore moins de compresseur. Le camion non plus. Les quelques véhicules qui s'étaient agglutinés sur la route, non plus. Cela ressemblait fortement au début d'une nouvelle galère...

Je commençais à mieux comprendre ce qui avait poussé ma femme à opter pour la prudence. Ce genre de blague était assez courant en Bolivie. Elle m'expliqua que nous étions bien partis pour passer la nuit à bord de l'autocar, en attendant que le chauffeur ait trouvé un véhicule qui accepte de l'emmener à un garage. Parce que vous imaginez bien qu'aucun téléphone portable n'avait une chance de capter quoi que ce soit et que personne n'avait installé de téléphone de secours au bord de cette fichue route !

Mais il commençait à faire sérieusement froid dans cette montagne. Nous étions à peu près à l'altitude d'une station de ski des Alpes françaises. J'étais en train de chercher comment nous préparer au mieux pour passer la nuit dans notre autocar quand ma femme Olga décida soudain de prendre les choses en main. Elle m'annonça tranquillement qu'il était hors de question que notre petite fille passe la nuit dehors en montagne. J'essayai de la raisonner, lui montrant la file des véhicules bloqués le long du précipice, mais elle n'écoutait plus. Et quand une Bolivienne décide de ne plus écouter, ce n'est vraiment pas la peine d'insister.

Elle rejoignit le petit groupe qui entourait notre animateur bien aimé. Il usait de toute son autorité pour tenter de nous convaincre de rester ensemble dans l'autocar. Nous avions des couvertures. Un peu de café. Des sièges (non inclinables). Bref, à l'entendre, la situation aurait pu être pire. Ce type avait dû naître avec le mot « optimisme » gravé sur le front ou bien il était tellement habitué aux galères qu'il ne parvenait plus à les considérer comme telles.

Olga refusa tout net, bien décidée à trouver une autre solution. Autour d'elle, les autres passagers se mirent eux aussi à protester, se resserrant les uns contre les autres en sentant le froid les envahir peu à peu. Plus loin en arrière, au bout de la file des véhicules bloqués derrière le camion dans le sens de la descente, j'aperçus une camionnette qui semblait redescendre à vide vers Santa-Cruz.

Sans écouter les injonctions de Ramiro, Olga partit dans la direction de ce véhicule, Karine dans les bras. Son conducteur était un brave type qui écouta en hochant la tête les doléances de ma femme. Je ne l'avais jamais vue parler aussi vite en espagnol. Il n'était pas très chaud au début pour faire demi-tour sur la route. Déjà, parce que la manœuvre était dangereuse. Ensuite parce qu'il était attendu à Santa-Cruz. Mais Karine lui fit de grands yeux doux et dès qu'Olga parla d'une substantielle prime en guise de récompense, il sembla soudain nettement plus conciliant.

Ma femme respira un grand coup, remonta d'un mouvement de hanche notre fille sur son bras et revint au pas de charge vers Ramiro et ses aficionados. Elle se mit à expliquer à ceux qui l'entouraient que nous avions une chance de passer la nuit au chaud, à condition d'accepter de nous cotiser pour que cette camionnette fasse demi-tour et nous emmène. Mais nous devions nous décider rapidement avant que d'autres véhicules ne viennent se coller derrière elle.

Quand Ramiro se mit à protester, arguant que sa compagnie ne pouvait assumer des frais imprévus, tout le monde avait déjà fait son choix et se précipitait vers notre seul espoir. Resté seul, l'animateur en chef comprit où était son intérêt et expliqua doctement au chauffeur qu'il devait rester là pour surveiller le camion et qu'il reviendrait très vite le lendemain matin avec un pneu en bon état.

Le temps que le pauvre type réalise ce qui l'attendait, Ramiro nous avait déjà rejoints en courant. Il se mit à organiser notre installation dans le camion, donnant des consignes à qui voulait l'entendre (personne ne le voulait, en fait, mais il n'en avait cure, cherchant à reprendre le leadership).

J'aidai le camion à effectuer son dangereux demi-tour au raz du vide et nous montâmes tous à bord, munis de quelques légers sacs de voyage contenant le strict nécessaire. Ma femme était aux anges et se mit à chantonner une petite berceuse en langue Quechua à notre fille. Elle avait obtenu la meilleure place pour elle et notre enfant : à l'avant avec le chauffeur. Je m'entassai avec les autres à l'arrière dans la benne. Confort spartiate, certes. Mais notre galère allait pouvoir se transformer en aventure !

Nous arrivâmes à la nuit dans les rues de Cochabamba. Vision magnifique que cette ville faite de petites maisons blanches luisant sous la pleine lune et entourée d'un sombre cirque montagneux dépassant les quatre mille mètres. Un immense Christ nimbé d'une lueur émanant de larges projecteurs, écartait les bras au-dessus de la vieille ville, une expression de douceur immuable sur ses traits de béton.

Le camion nous vida près d'une taverne. L'hôtel n'était qu'à quelques mètres mais je refusai d'y suivre Ramiro. J'avais trop envie d'une bonne bière. Nous avions soif. Nous avions faim. Nous n'avions surtout plus du tout envie d'écouter ce sinistre pitre. D'un coup, le groupe entier changea de chef et suivit Olga comme un seul homme. Elle appela le patron d'une voix forte, fit entrer tout le monde, réquisitionna des tables libres... Bref : organisa d'une main de maître l'assaut du restaurant.

Un peu décontenancé, le patron de la taverne regarda la horde de touristes assoiffés qui venait d'un coup troubler la tranquillité des lieux. Quand il eut compris que nous allions lui assurer son chiffre d'affaires pour le mois, il se fendit d'un grand sourire et se précipita pour aller chercher les menus.

Deux pintes de bière plus tard, je commandai avec mes compagnons de galère un gargantuesque churrasco. Chez nous, le plat le plus ressemblant serait un barbecue géant composé de plusieurs sortes de viandes. Mais si vous n'êtes jamais allé en Amérique du Sud, vous ne pouvez pas avoir idée à quel point la viande est meilleure ici. Tendre et savoureuse comme une tranche de gâteau. Le couteau glisse sans effort pour s'enfoncer dans la chair juteuse. Ce plat bolivien typique est accompagné de sauces plutôt relevées auxquelles nous fîmes honneur, riant et parlant fort, en bon français que nous étions. Même notre petite Karine semblait enfin de bonne humeur, occupée à siphonner un énorme biberon. Un peu isolé dans son coin, le Ramiro tentait de faire bonne figure, mais plus personne ne faisait attention à lui.

Rien de tel qu'une bonne galère pour mieux apprécier la vie, n'est-ce pas ?

Nous étions au paradis. Les vacances pouvaient enfin commencer.

Que viva Cochabamba !

Fin

www.ingramcontent.com/pod-product-compliance
Lightning Source LLC
Chambersburg PA
CBHW030035030726
47500CB00001B/121